MIRA MORGENSTERN

Gerit Kopietz · Jörg Sommer

IM TAL DES TERRORS

Ueberreuter

Die Deutsche Bibliothek – CIP-Einheitsaufnahme

Kopietz, Gerit/Sommer, Jörg:
Im Tal des Terrors / Gerit Kopietz/Jörg Sommer. –
Wien : Ueberreuter, 2000
(Mira Morgenstern)
ISBN 3-8000-2622-8

Für Peter Norton,
den genialen Computerguru und Virenjäger.
Hätten wir sein Update doch nur eine Woche früher gehabt ...
G.K. & J.S.

J 2427/1

Umschlag und Illustrationen von Andi Wolff
Umschlaggestaltung von Kurt Lackner
Zitate aus »Nathan der Weise« von Gotthold Ephraim Lessing
(Reclam-Ausgabe)
Gesetzt nach der neuen Rechtschreibung

Printed in Austria
1 3 5 7 6 4 2

Ueberreuter im Internet: www.ueberreuter.de
Mira Morgenstern im Internet: www.MiraMorgenstern.de

Inhalt

»Was man nicht zu verlieren fürchtet,
hat man zu besitzen nie geglaubt.«
Gotthold Ephraim Lessing, *Nathan der Weise*

»Die ganze Show – für ein paar Klunker?«
Mira Morgenstern

»Miauuu.«
Johann Nepomuk Nestroy III.

Mein Fotoalbum

Hier siehst du alle Menschen, die in meinem Leben (und in meinen Abenteuern) eine wichtige Rolle spielen:

MIRA MORGENSTERN

Das bin ich, »immer am Ball«. Egal ob beim Fußballspielen mit meinen Brüdern oder in meinen Kriminalfällen.

AMANDA BOLLINGER

Die ist nicht hübsch,
die tut nur so.
Furchtbar reich,
furchtbar ätzend
und furchtbar
hinter Simon her.

SIMON VAIL

Das ist ER.
Mein ganz
persönlicher
Morgenstern.
Ein Typ zum
Gernhaben,
findest du
nicht?

NESTROY

Tja — und DER ist der beste von allen Freunden: Johann Nepomuk Nestroy III. bei der Erholung von seiner Lieblingsbeschäftigung. An guten Tagen frisst er mehr als alle meine Brüder zusammen. Wenn er gerade nicht frisst, hilft er mir bei meinen Kriminalfällen. Und auch hier bricht er sämtliche Rekorde.

HOLGER GRÜNBERG

Der rasende Reporter und mein Partner in mehr als einem Fall. Doch meistens muss er sich seine Schlagzeilen hart erarbeiten. Auch wenn er jammert (und das tut er oft) — auf ihn kann ich mich zu 100 % verlassen.

MAMA & PAPA MORGENSTERN

Klaus-Dieter und Brigitte alias Papa und Mama in einer ihrer seltenen ruhigen Minuten. Die beiden sind zwar manchmal etwas lästig, aber ansonsten ganz okay.

MEINE BRÜDER

Ein Meisterschuss von mir persönlich (darum bin ich auch nicht mit auf dem Bild). Das einzige Bild, auf dem alle sieben gemeinsam zu sehen sind. Von links nach rechts: Max, Julius, Fred, Kai, Frank und vorne die beiden Chaoten Jens und Jan.

Der Pferdeschinder

»Und du bist dir absolut sicher, dass wir hier richtig sind?«

Mira nickte bestätigend: »Absolut!«

Sie waren an einem großen Bauernhof am Rande der Stadt angekommen. Der schlanke junge Mann mit dem gestutzten Schnauzbart, der sich neben ihr tief in das Haselnussgebüsch drückte, seufzte hörbar: »Du weißt, dass Alfons Haarmann als absoluter Ehrenmann gilt. Er ist Vorstand in einem halben Dutzend Vereine, ehemaliger Kommandant der Freiwilligen Feuerwehr und über drei Ecken mit dem Bürgermeister verschwägert.«

Mira warf Holger einen giftigen Blick zu: »Vor allem ist er ein Tierquäler!«

»Das wiederum müssen wir erst hieb- und stichfest beweisen können. Mein Chefredakteur würde mich schlichtweg vierteilen, wenn ich ihm eine Story ohne gesicherte Grundlagen ins Blatt schmuggle.«

Mira lächelte: »Was glaubst du, warum ich dir sagte, du sollst deinen Fotoapparat mitbringen?«

Holger nickte: »Also schön. Du bist die Fremdenführerin, ich liefere mich dir auf Gedeih und Verderb aus ...«

»Warum nicht gleich?« Mira krabbelte flink aus

dem Gebüsch über die Zufahrtsstraße zum Haarmann-Hof und duckte sich auf der anderen Seite in den Schatten einer großen Pappel. Holger folgte ihr, nachdem er sich vergewissert hatte, dass niemand sie beobachtete.

Ihm folgte Miras Kater Nestroy, der mit wenigen großen Sätzen ebenfalls im Schutz des Baumstammes landete.

Mira nickte Holger zu und huschte dann die Pappelreihe entlang in Richtung Hof. Still und scheinbar verlassen lag er im Dunst des nasskalten Januartages.

»Ziemlich tote Hose ...«, flüsterte Holger, doch Mira schüttelte den Kopf. Sie deutete auf das Haupthaus, aus dessen Kamin eine dünne Rauchfahne aufstieg. »Zumindest der Pferdeschinder wird auf seinem lauschigen Plätzchen vor dem warmen Kamin sitzen und sein Bierchen schlürfen, während draußen die armen Tiere Not leiden.«

»Und wieso sollte so ein angesehener Bürger wie der Haarmann Pferde quälen?«

»Natürlich der Kohle wegen. Warte ab! Du wirst schon sehen ...« Mira, Holger und Nestroy huschten vorsichtig durch die Hofeinfahrt und drückten sich langsam an der Rückseite des großen Stallgebäudes entlang. Holger brummte: »Wenn ich hier erwischt werde, ist das das Ende meiner Karriere.«

Mira flüsterte: »Wenn wir hier erwischt werden, blühen uns wahrscheinlich noch ganz andere Dinge.«

»Danke, Partnerin, du baust mich wirklich auf!«

Mira drängte: »Hast du deinen Fotoapparat schussbereit?«

Holger holte das Gerät aus einer seiner Jackentaschen, drückte auf zwei Tasten, blickte kurz durch den Sucher und nickte: »Startklar!«

Mira zog vorsichtig den Riegel der Türe zurück. Er knarrte etwas, wovon sich das Mädchen jedoch nicht beeindrucken ließ. Nachdem sie ganz vorsichtig hinein geblinzelt hatte, riss sie die Tür mit Schwung auf.

Holger öffnete den Mund, doch es kam kein Ton heraus. Er ließ die Kamera sinken, vergaß völlig, dass er ein Foto machen wollte. Sekundenlang starrte er stumm in die Scheune, dann stöhnte er: »Das gibt es nicht!«

»Doch, das gibt's. Du siehst es ja!«, erwiderte Mira.

»Was ist ... das?«

Dicht hintereinander betraten die beiden den Stall. Holgers Blick klebte förmlich an den mindestens 30 Pferden und Ponys, die wie Kühe nebeneinander angebunden waren. Die Tiere konnten sich nur wenige Zentimeter in jede Richtung bewegen. Fast alle waren völlig abgemagert, viele hatten wunde Stellen.

»Und? Habe ich dir zu viel versprochen? Von wegen Ehrenmann. Der Typ gehört in den Knast!«

Holger fand endlich seine Sprache wieder: »Aber ... ich verstehe nicht ...«

»Warum?«

Holger nickte.

»Geldgier! Dieser Haarmann hat eine Marktlücke entdeckt. Er bietet ein Altersheim für Reitpferde an. All die lieben Gäule, die ihre Besitzer jahrelang treu getragen haben, aber jetzt zu alt und klapprig geworden sind, bekommen bei ihm ihr Gnadenbrot ...«

»Das er sich von den Ex-Besitzern teuer bezahlen lässt.«

»Richtig! Die armen Tiere pfercht er dann in zwei

große Ställe, wo sie ohne Tageslicht und mit minderwertigem Futter den meist kurzen Rest ihres Lebens verbringen.«

Holger schüttelte den Kopf: »Unglaublich! Aber garantiert ein Mordsgeschäft für jemanden, der keine Skrupel kennt. Wenn ich das in die Zeitung bringe, ist garantiert der Teufel los. Aber jetzt schieß ich erst mal meine Fotos.« Er drückte mehrmals kurz hintereinander auf den Auslöser.

»Lass das!« Holger spürte, wie Mira ihm den Ellenbogen in die Seite rammte. Doch Mira rempelte ihn ein weiteres Mal an. Ärgerlich schimpfte Holger: »Mensch, ich verwackle doch alles.«

Miras Ellenbogen traf ein drittes Mal. Holger setzte die Kamera ab und drehte sich zu Mira um: »Sag mal, bist du ...«

Er stutzte. Mira starrte auf eine Gruppe von drei Männern. Mit schweren Holzknüppeln in den Händen standen sie in der noch geöffneten Türe und musterten die beiden Eindringlinge mit gefährlichen Blicken.

Zögernd nickte Holger dem dicken Mann zu, der deutlich besser gekleidet war als die beiden anderen, die wie einfache, grobschlächtige Stallburschen wirkten.

»Tag auch, Herr Haarmann. Wir kennen uns doch vom Empfang vor zwei Wochen ...«

Mit einer Handbewegung brachte Haarmann ihn zum Schweigen. Dann musterte er Holger und Mira mit einem spöttischen Grinsen.

Nestroy huschte flink zwischen Miras Beine und ließ von diesem vermeintlich sicheren Platz aus ein gefährliches Knurren vernehmen.

»Katzen haben hier drinnen nichts verloren.« Haarmanns Stimme klang überraschend hoch, »... und Schnüffler auch nicht.«

»Aber wir sind keine Schnüffler!« Holger mühte sich, ein Lächeln zu Stande zu bringen. Mit eher kläglichem Erfolg.

»So? Was seid ihr dann? Zirkusclowns?«

Holger stöhnte und rollte mit den Augen. Haarmann streckte seine Hand aus.

»Her mit der Kamera.«

Holger zögerte kurz, streckte dann jedoch die Hand mit der Kamera aus. Haarmann trat einen Schritt vor und griff danach. Im selben Moment stolperte Mira und stieß so stark gegen Holger, dass der das Gleichgewicht verlor.

»Keine Tricks!« Haarmann sprang einen Schritt zurück. Seine beiden Begleiter hoben bedrohlich ihre Holzknüppel.

Holger rappelte sich mühsam wieder auf und klopfte sich Stroh von der Jacke. Er stutzte. Mira kniete auf dem Boden, mit dem Rücken zu Haarmann, und drückte sich mit bleichem Gesicht den Bauch. Sie stöhnte: »Oh, mein Magengeschwür! Die Aufregung! Ich glaube, ich kriege einen Anfall!«

Holger wechselte einen irritierten Blick mit Haarmann. Dann nickte er. »Ach so, ja, dein Magengeschwür. Ist es immer noch so schlimm?«

Er bückte sich. Doch Mira drückte sich selbst vom Boden hoch. »Es geht schon wieder. Wenn ich bald meine Spritze bekomme ...«

Mira ließ sich von Holger stützen und streckte Haarmann die Kamera hin.

Der griff schnell danach und stopfte sie achtlos in

seine Jackentasche. Dann verschränkte er beide Arme zufrieden lächelnd vor der Brust.

»Gut. Aber was machen wir jetzt mit euch?«

Holger und Mira wechselten einen resignierten Blick. Mira verzog erneut das Gesicht. »Oohhh, diese fürchterlichen Schmerzen.«

Haarmann dachte nach, sein Gesicht verzog sich zu einem fiesen Grinsen.

»Also schön. Die Kamera habe ich ja. Euch fehlt jeder Beweis für das, was ihr hier gesehen habt. Wir werden euch gehen lassen. Und falls ihr auf die Idee kommen solltet, die Polizei zu alarmieren, lasst euch eines gesagt sein: In einer halben Stunde haben wir die Tiere hier raus und in einen netten, sauberen Stall verfrachtet.«

Harmann deutete mit einer Kopfbewegung zur Türe. »Und vergessen Sie nicht – wenn Sie in Ihrer Zeitung Dinge behaupten, die Sie nicht beweisen können, sind Sie Ihren Job schneller los, als Sie bis drei zählen können. Schließlich kenne ich Ihren Chefredakteur aus der Parteiarbeit!«

Holger nickte wortlos. Die Resignation war ihm deutlich ins Gesicht geschrieben. Er griff Mira unter die Arme und führte sie hinaus in die kalte Winterluft.

Langsam schleppten sich die beiden die Zufahrtsstraße entlang zu ihrem abgestellten Wagen, scharf beobachtet von Haarmann und seinen Männern. Nestroy hielt sich in sicherem Abstand.

Als sie den Haarmann-Hof weit genug hinter sich gelassen hatten, richtete Mira sich wieder auf und ging schnell die letzten Meter zu Holgers knallrotem Sportwagen.

Holger hielt kurz inne und schloss dann kopfschüttelnd den Wagen auf. »Magengeschwür? Seit wann hast du denn ein Magengeschwür?«

Er ließ sich auf den Fahrersitz fallen, fasste mit der rechten Hand hinüber und öffnete die Beifahrertüre. Mira stieg ein und Nestroy hüpfte ohne weitere Aufforderung auf seinen Stammplatz auf einem der beiden winzigen Notsitze im Heck des Wagens. Mira fasste unter ihre Jacke. »Ein Magengeschwür hatte ich noch nie!«

»Eben. Also?«

»Dafür habe ich das da!«

Holger starrte entgeistert auf die kleine schwarze Dose in Miras Hand.

»Das ist doch ... ein Film. *Der* Film?«

Mira nickte.

Holger schlug mit der Hand aufs Lenkrad und strahlte: »Weißt du, was das heißt? Wir haben den Film, also haben wir die Beweise! Den Kerl werden wir hochgehen lassen. Das wird ein Fest.«

Mira warf einen vorsichtigen Blick in den Rückspiegel.

»Trotzdem würde ich vorschlagen, dass wir uns jetzt davonmachen, bevor der alte Haarmann die Kamera öffnet.«

Fünf Sekunden später heulte der Motor auf, die Reifen quietschten und Holgers Sportwagen schoss aus dem kleinen Feldweg hinaus auf die Landstraße.

Nur eine knappe Stunde später kamen Mira, Holger und Nestroy lächelnd aus dem Redaktionsgebäude der *Morgenpost.*

»Die Fotos sind zwar nicht gerade brillant, aber für unsere Zwecke reichen sie aus.«

Mira schmunzelte: »Ich möchte das Gesicht von diesem Haarmann sehen, wenn er die Bilder in der Zeitung sieht.«

»Er wird es früher erfahren. Mein Chefredakteur besteht darauf, ihm die Chance zu einem Kommentar zu geben. Doch das wird nichts ändern. Wir werden ihm das Handwerk legen.«

»Wurde auch höchste Zeit. Wer weiß, wie viele Pferde er schon auf dem Gewissen hat.« Mira seufzte.

Beide schwiegen und starrten nachdenklich auf den Feierabendverkehr, der sich vor ihnen auf der Straße staute. Es regnete nicht, aber die Luft war feucht und kalt.

Holger schaute auf die Uhr: »Musst du schon heim, oder darf ich dich im Namen der *Morgenpost* noch zum Essen einladen?«

Mira warf einen Blick auf Nestroy, der sich sofort laut schnurrend an ihr Bein drückte.

»Für einen kleinen Imbiss sind wir zwei immer zu haben.«

Holger hatte bereits einen Vorschlag: »Angelo?«

»Si!«

Kurz darauf saßen die beiden in einer Nische der kleinen Pizzeria *Italia,* direkt gegenüber dem Redaktionsgebäude der *Morgenpost.* Angelo, der Wirt, machte seinen halben Umsatz mit den Redakteuren. Er brachte Holger und Mira die Speisekarte, noch bevor sie richtig Platz genommen hatten – zusammen mit zwei riesigen Gläsern Apfelschorle. Angelo lächelte: »Geht auf die Haus. Ich habe gesehen große Durst in die Augen. – Stimmt?«

Holger und Mira nickten, prosteten sich zu und tranken das Glas in einem Zug aus. Holger schob Mira eine Speisekarte über den Tisch: »Hier, such dir was möglichst Teures aus. Das ist ein Arbeitsessen. Die Zeche zahlt die Zeitung.«

Mira schob die Karte zurück, ohne einen Blick hineingeworfen zu haben.

»Tunfischpizza!«

Holger zog fragend die Augenbrauen hoch. Mira ergänzte: »Für Nestroy. Ich nehme als Vorspeise einmal Spaghetti Vongole, dann die Scallopini Milanese, vielleicht dazu etwas Tomatensalat mit Mozzarella und Basilikum und zum Dessert einen großen Eisbecher mit Sahne. Gaaanz viel Sahne!«

Holger nickte: »Ich werde mich deiner ausgezeichneten Wahl anschließen.«

Als Angelo mit ihrer Bestellung Richtung Küche entschwand, sah Holger Mira an: »Ohne dich wäre mir der Beitrag nie gelungen. Du bist echt eine prima Partnerin.«

Mira hob in einer Geste übertriebener Bescheidenheit abwehrend beide Hände. Holger nickte: »Doch. Selbst so kleine Recherchen wie heute Nachmittag werden mit dir zum Vergnügen. Auch wenn wir beide schon lange keinen richtig dicken Fall mehr zu knacken hatten.«

Mira seufzte: »Also nach der Sache mit Nestroys Entführung* hab ich erst mal genug.«

»Schade«, erwiderte Holger, »gerade wollte ich dich fragen, ob ich dich nächste Woche zum Polizeiball einladen darf. Ich habe nämlich zwei Freikarten.«

Mira schüttelte langsam den Kopf, während Angelo wie aus dem Nichts auftauchte und zwei Teller verfüh-

* Vgl. Mira Morgenstern: »Die Angst ist schwarz«.

rerisch dampfender Spaghetti mit Muscheln auf dem Tisch platzierte. Er murmelte: »Vorsicht! Iste der Teller sehr heiß.«

Holger setzte nach: »Es soll auch ein außergewöhnlich reichhaltiges kaltes Buffet geben ...«

Mira lachte: »Danke, fürs Erste halte ich mich lieber an meine Spaghetti, bevor sie kalt werden.« Mira rollte geschickt mit Gabel und Löffel eine große Portion auf und ließ sie komplett im Mund verschwinden. Nach zweimaligem Kauen ergänzte sie: »Und aufferdem bin iff näffte Woche im Urlaub.«

»Wie bitte?«

Mira schluckte die Nudeln hinunter. »Im Urlaub. Unsere Theater-AG fährt nächste Woche nach Südtirol, ins Toblertal. Ski laufen! Da hat es jetzt fast zwei Meter Schnee! Zur Belohnung für eine anstrengende Saison, wie Frau Bloomsdorf meint – und um unser neues Stück zu proben.«

Holger fragte: »Was spielt ihr denn? *Schneewittchen und die sieben Zwerge*?«

»Haha, sehr komisch.« Mira drohte Holger spaßhaft mit der Gabel, dabei flog eine tomatensoßenumhüllte Muschel von der Gabel – in hohem Bogen direkt auf Holgers Hemdkragen. Der beäugte den Tomatenfleck kritisch. Mira knurrte: »'tschuldigung.«

»Also, was spielt ihr? *Angriff der Killertomaten*?«

Mira prustete los. Mehrere Gäste schauten irritiert zu ihnen herüber. Schließlich hatte Mira sich so weit beruhigt, dass sie Holger antworten konnte:

»Keine Ahnung, was wir spielen. Die Bloomsdorf hält sich noch bedeckt. Es soll eine Überraschung werden.«

Holger seufzte: »Südtirol, Schnee, Skilaufen, Urlaub

– ich glaube, ich könnte auch ein paar Tage zum Ausspannen gebrauchen ...«

Mira kicherte: »Du? Ausspannen? Wann hast du das letzte Mal mehr als 24 Stunden nicht gearbeitet?«

Holger schluckte: »Äh, warte mal ...«

Mira schob den leeren Teller zur Tischmitte: »Siehst du. Also: Ich fahre in Urlaub, du arbeitest weiter. Dafür schicke ich dir vielleicht eine Postkarte. Abgemacht?«

Holger lächelte Mira an: »Abgemacht! Aber eines muss klar sein: Ohne mich gehst du keinen neuen Fall an. Versprochen?«

Mira nickte Angelo zu, der ihnen den zweiten Gang servierte und unauffällig einen Teller mit geschnittenen Tunfischpizzastückchen für Nestroy unter der Bank platzierte. Dann wandte sie sich mit einem verschmitzten Lächeln wieder an Holger:

»Versprochen!«

Der blinde Passagier

»Und du hast wirklich alles, Simon? Nichts vergessen? Hast du auch deine Reisetabletten?«

Simon seufzte: »Mama, ich fliege doch nicht zum Mond. Es ist gerade mal eine Tagesreise bis ins Toblertal. Wir waren zusammen doch schon ganz woanders im Urlaub.«

Frau Vails Augen zwinkerten verdächtig, als sie antwortete: »Ja, Simon, aber immer zusammen.«

»Mama, ich bin fast 12! Und ich ...«

»Hey, Simon!« Mira kam, beladen mit zwei Koffern und einer großen Umhängetasche, an den Bussteig des städtischen Busbahnhofes gehumpelt. Simon drehte sich um und strahlte Mira an: »Hallo! Ich habe dich schon vermisst.«

Das hörte Frau Vail überhaupt nicht gerne. In ihren Augen war dieses Mädchen vorlaut und schlecht erzogen, ein Kind, für das sie keine große Sympathie hegte. Mira stellte ihre schweren Koffer achtlos ab und legte dann vorsichtig die Umhängetasche daneben: »Mein alter Herr konnte nicht früher fahren.«

Im selben Moment rollte ein vollbesetzter Bus der städtischen Verkehrsbetriebe vorbei. Der Fahrer drückte zweimal kurz auf die Hupe und winkte aufgeregt. Mira riss einen Arm hoch und winkte zurück.

Simon grinste: »Schon praktisch, so ein Papa, der als Busfahrer arbeitet.«

Mira nickte: »Klar, er fährt den dicksten Kombi der Stadt!«

Sie blickte zum wartenden Bus, vor dem Frau Bloomsdorf, die Leiterin der Schultheater-AG, gerade ihre Teilnehmerliste prüfte. Frau Vail entschloss sich endlich, die Abschiedsszene zu beenden. Sie drückte ihrem Sohn, der sich erfolglos zu wehren versuchte, einen dicken Schmatz auf die Stirn. Dabei schluchzte sie: »Ruf mich an, mein Schatz! Damit ich weiß, dass du wohlbehalten angekommen bist!«

Doch Simon hatte sich bereits abgewandt und schleppte zusammen mit Mira seinen Koffer zum Bus, dessen Gepäckklappen weit geöffnet waren. Der Busfahrer nahm ihre Koffer entgegen, während Frau Bloomsdorf den beiden zunickte: »Mira, Simon. Schön, dass ihr da seid. Dann fehlt nur noch eine.«

Mira und Simon wechselten einen kurzen Blick und die Frage kam wie aus einem Munde: »Amanda?«

Frau Bloomsdorf nickte: »Wir wollen hoffen, dass sie bald kommt.«

Simon war zuversichtlich: »Bestimmt!«

Mira ergänzte: »Wo ihr stinkreicher Papa doch die Buskosten spendiert hat ... – HE! Was soll das?«

Der Busfahrer sprang erschreckt zurück. Er hatte versucht, Miras Umhängetasche ebenfalls im Gepäckraum des Busses zu verstauen. Doch Mira schnappte den Griff und zog heftig daran: »Die Tasche nehme ich.«

Der Fahrer ließ los und hob beschwichtigend beide Hände: »Entschuldige, junge Dame!«

Miras Stimme klang bereits versöhnlicher: »Schon

gut. Aber ich möchte die Tasche gerne bei mir haben. Meine Fotoausrüstung ist mir heilig.«

Der Busfahrer blickte fragend zu Frau Bloomsdorf: »Kann ich jetzt zumachen?«

»Noch nicht!«, antwortete die Lehrerin.

»Gleich!«, ergänzte Mira und zeigte auf die Einfahrt zum Busbahnhof. Dort bog soeben eine kremfarbene, lang gestreckte Limousine ein und blieb dann direkt vor dem Bus stehen. Durch die getönten Scheiben waren die Insassen des Fahrzeuges nicht zu erkennen. Doch Mira und Simon war klar, dass nun einer von Amandas heiß geliebten Auftritten bevorstand.

Frau Bloomsdorf schaute auf ihre Uhr. Als sich die Fahrertür der Limousine öffnete, stieg ein uniformierter Chauffeur aus, ging um den Wagen herum und riss die Hecktüre auf. Unendlich langsam, so als hätte sie alle Zeit der Welt, stieg Amanda Bollinger aus dem Wagen. Sie sah sich um und nahm dann ihre dunkle Sonnenbrille ab. Freudestrahlend drehte sie sich zu ihrem Fahrer um und flötete: »Würden Sie vielleicht schon mal mein Gepäck ausladen – damit die anderen nicht gar zu lange warten müssen.«

Fassungslos staunten Simon, Mira und Frau Bloomsdorf, wie der Fahrer einen Koffer nach dem anderen anschleppte. Der Busfahrer versuchte verzweifelt, sämtliche Gepäckstücke noch irgendwie in den Gepäckraum zu pressen.

Amanda war inzwischen in den Bus gestiegen. Frau Bloomsdorf stand neben der Fahrertüre und drängelte: »Wir müssen los.«

Während Mira und Simon noch ihre Freunde begrüßten und eine freie Bank suchten, hatte der Busfahrer bereits den Motor angelassen. Simon schwang seine Tasche über den Kopf und warf sie auf die Ablage. Dann griff er nach Miras Umhängetasche, doch Mira fauchte: »Die bleibt unten!«

Simon lächelte: »Ich werde deine Fotoausrüstung schon nicht klauen.«

Beide setzten sich und Mira verstaute die große Umhängetasche sicher zwischen ihren Beinen. »Das hatte ich auch nicht behauptet ...«

Jetzt ordnete sich der Busfahrer in den Verkehr ein. Frau Bloomsdorf saß in der ersten Reihe und drehte sich freundlich lächelnd zu ihren Schäfchen um.

»So, Kinder, macht es euch gemütlich. Bis ins Toblertal haben wir gut sechs Stunden Fahrzeit. Natürlich machen wir zwischendurch auch mal Pause.«

Mira schloss die Augen und lehnte sich zurück. »Weck mich, wenn wir da sind.«

Simon staunte: »Du kannst doch jetzt nicht schlafen.«

»Ich kann.«

»Mann, das ist Urlaub. Wir fahren weg von zu Hause. Action, Schnee, Busfahrt ...«

»Du vergisst den Job meines Vaters. Ich bin praktisch in Bussen aufgewachsen. Wenn du also sabbernd aus dem Fenster starren willst, bitte schön. Ich schlafe!«

Resigniert gab Simon auf. Wortlos starrte er aus dem Fenster, während Mira sich zurücklehnte und die Augen schloss.

Erst zwei Stunden später schreckte sie wieder auf. Der Bus verlangsamte seine Fahrt und rollte auf einen Autobahnparkplatz. Mira streckte sich: »Sind wir schon da?«

Simon blickte von der Zeitschrift auf, in der er

gelangweilt geblättert hatte. »Nö! Frau Bloomsdorf hat gerade eine Pinkelpause verkündet.«

Mira erschrak und griff nach der Fototasche zwischen ihren Beinen. »Mensch, das hatte ich glatt vergessen.« Sie schnappte die Tasche und sprang auf. Noch bevor der Bus völlig zum Stehen gekommen war stand sie als Erste an der Türe und rief: »Machen Sie doch schon auf, es ist eilig!«

Der Busfahrer lächelte verständnisvoll und betätigte den Türöffner. Mira stürmte hinaus. Sekunden später war sie hinter einem dichten Gebüsch verschwunden.

Kopfschüttelnd sah Frau Bloomsdorf ihr nach. Der Busfahrer grinste: »Hat sich wahrscheinlich die Blase verkühlt. Ist bestimmt eine von der empfindlichen Sorte.«

Simon, der sich auch auf dem Weg nach draußen befand und gerade zwischen dem Fahrer und Frau Bloomsdorfs Platz hindurchwollte, lachte: »Mira? Empfindlich? Sie haben ja keine Ahnung!« Dann zwinkerte er Frau Bloomsdorf zu, die zurücklächelte. Während Simon den Bus verließ und den anderen Schülern zu den Toiletten-Häuschen folgte, kratzte sich Frau Bloomsdorf versonnen an der Nasenspitze. Sie murmelte: »Aber warum nur hinter den Busch und nicht ins WC?«

»Wie bitte?«, fragte der Busfahrer. Doch Frau Bloomsdorf winkte ab: »Ach, nichts, ich habe nur laut gedacht.«

Die Lehrerin stieg nun ebenfalls aus. Draußen beobachtete sie nachdenklich, wie Mira mit ihrer Tasche sichtlich erleichtert wieder hinter dem Busch hervorkam. Lächelnd drückte sie sich an Frau Bloomsdorf vorbei, zurück in den Bus.

Frau Bloomsdorf schaute auf ihre Uhr und klatschte laut in die Hände: »In drei Minuten ist Abfahrt. Wir wollen noch vor Einbruch der Dunkelheit ins Toblertal kommen.«

Kaum hatte Frau Bloomsdorf ihre Schüler durchgezählt, nickte sie auch schon dem Fahrer zu. »Wir können.«

Frau Bloomsdorf ging den Gang entlang nach hinten. Auf dem Rückweg sprach sie mit dem einen oder anderen ein paar Worte. Als sie bei Amandas Reihe ankam, die drei Reihen hinter Mira und Simon saß, beugte diese sich vor und fragte zwar leise, doch laut genug, dass Simon und Mira das Gespräch verfolgen konnten: »Im Toblertal liegt doch das berühmte Hotel *St. Perrier?*«

Frau Bloomsdorf nickte.

Amandas Stimme wurde ein wenig lauter. Sie blickte kurz in die Runde, um sich zu vergewissern, dass auch möglichst viele ihrer Mitschüler das Gespräch verfolgten.

»Das ist das Hotel, in dem fast nur Millionäre und Filmstars Urlaub machen. Total vornehm.«

Frau Bloomsdorf lächelte: »Ich weiß. Und entsetzlich teuer. Deshalb werden wir mit einer bescheideneren Unterkunft vorlieb nehmen.«

Einige Schüler kicherten. Mira stieß Simon leicht mit dem Ellenbogen in die Rippen. »Pass auf, jetzt kommt's!«

In der Tat erhob Amanda ihre Stimme noch ein wenig weiter: »Mein Papa und ich werden dort Ostern eine Woche Skiurlaub machen!«

»Schön!«, lächelte Frau Bloomsdorf unverbindlich.

»Großkotz!«, zischte Mira.

Frau Bloomsdorf sah zu Mira hinüber, die sich rasch bemühte, ein freundliches Gesicht aufzusetzen. Sie kam an den beiden weiteren Reihen vorbei und blieb bei Mira stehen.

Sie fixierte Mira und sagte auffordernd: »Nun?«

Mira riss überrascht die Augen auf. »Nun?«

Das aufgeregte Gemurmel im Bus verstummte schlagartig. Alle hatten erkannt, dass sich hier eine Auseinandersetzung anbahnte.

»Äh, also ich.« Mira zuckte unschuldig mit den Schultern. »Tja, also ich mache Ostern keinen Skiurlaub in diesem Protzhotel!«

Simon prustete los und auch zahlreiche andere Schüler kicherten belustigt.

Nur Frau Bloomsdorf schien Miras Antwort überhaupt nicht komisch zu finden: »Das mag sein. Aber ich glaube, du hast eine andere Überraschung für uns.«

Mira erstarrte fast in ihrem Sitz. Vorsichtig fragte sie: »Was für eine Überraschung?«

Im Bus herrschte angespannte Stille.

Frau Bloomsdorf zeigte mit dem ausgestreckten Zeigefinger auf die schwarze Fototasche zwischen Miras Beinen. »Da drin!«

Mira schaute langsam auf die Tasche hinunter, deren Reißverschluss leicht geöffnet war. Dann sah sie wieder Frau Bloomsdorf an.

»Da drin ist nur meine ...«

»Lüg mich nicht an!«

Mira verstummte. Sekundenlang sagte sie nichts. Schließlich ließ sie ihre angespannten Schultern hängen und stöhnte. »Also schön. Du kannst rauskommen.«

Simon schaute Frau Bloomsdorf fragend an. Einige der anderen Schüler sprangen auf und drängten sich hinter die Lehrerin. Aus der Tasche ertönte plötzlich, für alle vernehmbar, ein leises Rascheln, dann ein gefährliches Knurren. So laut, dass einige Schüler erschreckt zurücksprangen. Mira zog den Reißverschluss der Tasche ganz auf: »Komm schon raus, Dicker. Wir haben die Sache vergeigt.«

Dem Knurren folgte ein leises Maunzen. Simon klatschte sich an die Stirn: »Nestroy! Mann, da hätte ich auch draufkommen können.«

Mira kraulte ihrem geliebten Kater das Nackenfell und schaute Frau Bloomsdorf bittend an: »Was jetzt? Schicken Sie uns nach Hause?«

»Ich sollte es eigentlich ...«

»Bitte. Das dürfen sie nicht tun.« Simons Stimme hatte einen flehenden Klang. Auch andere Schüler unterstützten ihn: »Der ist doch süß!« – »Sie dürfen die beiden nicht zurückschicken.« – »Frau Bloomsdorf. Bitte!«

Die Lehrerin hob eine Hand. Es wurde still im Bus.

Dann fragte sie Mira: »Kannst du mir garantieren, dass dein Kater uns keinen Ärger macht?«

Mira nickte heftig.

»Hundertprozentig?«

Mira nickte: »Jawohl, Frau Bloomsdorf!«

Ein tiefer Seufzer entfuhr der Kehle der geplagten Lehrerin. »Also schön.«

»Hurra, Sie sind ein Schatz.« Blitzschnell kam Mira aus dem Sitz hoch und drückte Frau Bloomsdorf einen schmatzenden Kuss auf die Backe.

Spontan klatschten viele der Schüler Beifall. Frau Bloomsdorf hob noch ein letztes Mal den Zeigefinger:

»Aber wenn dein Kater für Schwierigkeiten sorgt, dann stecke ich euch beide in den nächsten Zug nach Hause. Habe ich mich klar ausgedrückt?«

Mira nickte: »Glasklar!«

Heißer Schnee

Der Bus quälte sich die schmale Passstraße in endlosen Kurven hinauf. Auf der einen Seite stiegen die Felsen fast senkrecht an, auf der anderen Seite ging es noch steiler hinab ins Tal. Vor jeder Kurve drückte der Fahrer kurz auf die Hupe, um entgegenkommende Fahrzeuge zu warnen. Mira warf einen Blick auf ihre Uhr, dann auf Simons Gesicht, das in merkwürdige, grünliche Schattierungen getaucht war. Sie kraulte Nestroys Fell, der auf ihrem Schoß schlummerte.

»Wir haben's gleich geschafft, Simon. Höchstens noch eine Viertelstunde. Trag es wie ein Mann.«

»Mach ich doch«, stöhnte Simon.

»Das merke ich.«

Mira schaute aus dem Fenster: »Gleich müssten wir auf dem Pass sein.«

Tatsächlich stand in diesem Moment Frau Bloomsdorf auf und erklärte: »Wir sind jetzt auf der Passhöhe angelangt. Vor uns liegt eine leichte Abfahrt direkt ins malerische Toblertal. Der Busfahrer muss hier Schneeketten anlegen, sonst kommen wir nicht weiter. Ihr könnt hier also kurz die Aussicht genießen.«

Simon sprang auf und griff nach seiner Daunenjacke. Mira folgte ihm.

Der Anblick von der Passhöhe aus war postkartenreif. Hinter ihnen schlängelte sich die schmale Zufahrtsstraße kilometerweit den Berg hinab. Vor ihnen führte sie in wenigen, sanften Schwüngen nur leicht bergab in ein breites, schneebedecktes Hochtal. Die Hänge rechts und links waren größtenteils bewaldet. Begrenzt wurde das Tal von zwei steilen, schneebedeckten Gebirgszügen, die sich über 3000 m hoch in den Himmel erstreckten. Die Gipfel waren zum Teil von Wolken verhüllt. Überall im Tal verteilt lagen einzelne kleine Hütten, einige Gehöfte. In der Mitte ballten sich vielleicht dreißig Häuser zum einzigen Dorf des Tals zusammen. Nicht weit links davon sahen sie einen großen, strahlend weißen Gebäudekomplex mit mehreren Nebengebäuden und zwei malerischen Türmchen. Es sah beinahe wie ein kleines Schloss aus. Amanda stand plötzlich neben Simon und deutete auf das Anwesen. »Das ist das Hotel *St. Perrier.* Wunderschön, nicht?«

»Vor allem wunderteuer«, ätzte Mira. Doch Amanda tat so, als habe sie nichts gehört.

Simon nickte: »Doch, schon ein toller Kasten.«

Amanda lächelte: »Vielleicht können wir das Hotel zusammen ansehen?«

»Los, Kinder, einsteigen. Wir werden erwartet!«

Frau Bloomsdorfs Stimme sorgte dafür, dass Amandas Frage unbeantwortet blieb. Alle stiegen rasch wieder in den Bus. Von hier aus war es nicht mehr weit bis zum Ziel ihrer Reise.

Mira genoss noch einmal den fantastischen Rundblick auf das idyllische Tal. Es war erstaunlich groß, dafür dass am Pass nur ein schmaler Zugang blieb. Von ihrem Standort aus gesehen reichten rechts und links die Steilwände in schwindelnde Höhen. Ein mulmiges Gefühl. Mira beeilte sich einzusteigen.

Wenig später hielt der Bus vor einem großen Gebäude, das im alpenländischen Stil größtenteils aus Holz und Natursteinen gebaut war.

Frau Bloomsdorf führte ihre Schülerschar in die Eingangshalle, wo bereits ein älterer Mann mit einem langen, zerzausten Bart auf sie wartete. Herr Grantl stellte sich ihnen als Herbergsleiter vor. Sein Landschulheim *Guter Hirte* war spezialisiert auf Schulklassen. Entsprechend professionell spulte der gute Mann seinen Text ab. Nach einer Stunde hatten alle ihre Betten bezogen und die Räumlichkeiten von den Duschen bis zum Aufenthaltsraum begutachtet. Ihre Schlaflager fanden sie jeweils in einem der beiden 12-Bett-Zimmer, Mädchen und Jungen natürlich getrennt. Herr Grantl hatte obendrein die Essenszeiten bekannt gegeben und die knallharten Herbergsregeln verkündet. Da durfte natürlich die Bettruhe um 22 Uhr auch nicht fehlen. Mira flüsterte Simon zu: »Ist das hier ein Knast oder ein Ferienheim?«

Simon vermutete: »Beides?«

Frau Bloomsdorf versammelte ihre Schützlinge um sich und eröffnete ihnen ihre Programmvorstellung für die kommenden Tage. Jeden Morgen würde es Proben für ihr neues Theaterstück geben. Nachmittags wäre freie Zeit und Möglichkeit zum Skifahren angesagt, zweimal würde es einen Ausflug geben. Sie wollten die weithin bekannte Smaragdhöhle und die Butzbachtalsperre besuchen.

Schließlich schaute Frau Bloomsdorf auf ihre Uhr: »Bis zum Abendessen bleiben noch zwei Stunden Zeit. Bis dahin gestatte ich euch, die Umgebung ein wenig zu erkunden. Gegen 18 Uhr seid ihr bitte alle wieder hier.«

Johlend stürmte die Meute hinaus in den Schnee. Im Handumdrehen flogen die ersten Schneebälle. Und bald war eine chaotische Schneeballschlacht entbrannt. Nur Nestroy hatte sich einen ruhigen Platz unter dem überstehenden Hausdach gesucht und beobachtete das verrückte Treiben gelassen. Simon stolperte lachend aus der Schusslinie und suchte nach Mira. Ihre Blicke trafen sich.

»Ich will noch zum Skilift und einen Blick auf die Piste werfen. Kommst du mit?«

Mira strahlte. Darum musste Simon sie nicht zweimal bitten. Sie stapfte hinter ihm her. Simon schaute auf seine Uhr: »Wenn wir uns beeilen, können wir es gerade noch schaffen, wieder pünktlich zum Abendessen zurück zu sein.«

Mira grinste: »Hoffentlich, sonst verhängt der Gefängnisdirektor Einzelhaft über uns!«

»Komm schon, Mira, der Grantl ist doch nett.«

»Mag sein, aber seine Gefängnisregeln sind es nicht.«

»Wo viele Menschen zusammenleben, muss es eben Regeln geben. Ihr seid bei euch zu Hause doch auch acht Kinder. Gibt es bei euch keine Regeln?«

Mira schnaubte verächtlich: »Für meine sieben Brüder gibt es nur eine wichtige Regel: mir nicht auf die Nerven zu fallen.«

Simon lachte: »Und, halten sie sich dran?«

»Manchmal ...«

»Oh, Simon, warte doch.«

Mira fuhr herum. »Amanda!«

Doch die ignorierte Mira. Stattdessen lächelte sie Simon an: »Willst du zum Hotel?«

»Nein, zum Skilift.«

»So ein Zufall, ich auch. Morgen möchte ich meine neuen Carving-Skier ausprobieren. Hat mein Papa mir extra maßanfertigen lassen.«

Mira warf Simon einen drohenden Blick zu, doch der antwortete: »Dann können wir ja zu dritt gehen.«

Mira verdrehte die Augen, verkniff sich aber einen Kommentar. Es wäre so schön gewesen. Ein gemütlicher Waldspaziergang, ganz allein mit Simon. Nun musste sie sich missmutig in ihr Schicksal ergeben.

Lustlos trottete Mira links neben Simon her, während zu seiner Rechten Amanda unbeschwert auf den Jungen einplapperte und ihm detailgetreu schilderte, welchen Aufwand es erforderte, sich Skier in Maßarbeit anfertigen zu lassen. Mira ärgerte sich. Da hätte sie auch im Ferienheim bleiben können.

»Wow, eine echte Buckelpiste!« Sie kamen aus dem Wäldchen und fanden sich am Fuß der Auffahrt zum Hotel *St. Perrier* wieder. Von hier aus gingen zwei Skilifte den Berg hinauf. Ein kleinerer Schlepplift war offensichtlich für Kinder und Skikurse angelegt. Der größere war ein Sessellift und führte über die Bergkuppe weiter, als sie erkennen konnten.

Simon stapfte zu einer Informationstafel, die an der Talstation angebracht war. Aufgeregt verkündete er: »Drei Abfahrten. Die längste hat volle sechs Kilometer. Hey, hier kann ich mein Snowboard voll ausfahren.«

Amanda säuselte: »Oh, ein Snowboard. Ich mag tollkühne Männer, die sich auf ihrem Brett wagemutig in die Tiefe stürzen.«

Mira musste sich mächtig zusammenreißen. Simon drehte sich zu ihr um: »Und du, Mira, hast du schon mal auf einem Snowboard gestanden?«

»Nö. Ich bin zum ersten Mal im Winterurlaub.« Simon wollte etwas sagen, doch da erklang schon wieder Amandas Stimme: »Schau mal, da ist ein Skikurs. Die stellen sich an wie die letzten Heuler.« Mit einem Seitenblick auf Mira feixte sie: »Bestimmt sind die auch zum ersten Mal im Winterurlaub.«

Mira reichte es: »Bestimmt sind die auch nicht ...«

»Vorsicht!« Simon hatte geschrien. Und nun sah es auch Mira. Eine Teilnehmerin des Skikurses, ein blondes Mädchen von vielleicht 12 oder 13 Jahren, sollte einen Pflugbogen fahren und hatte dabei versehentlich die Skier überkreuzt. Nun kam sie, wild mit den Stöcken rudernd, geradewegs auf Simon, Mira und Amanda zugeschossen. Mira sprang geistesgegenwärtig zur Seite, Simon gab Amanda einen Stoß, um sie in Sicherheit zu bringen, und wurde einen Sekundenbruchteil später selbst zu Boden gerissen. Skier und Stöcke flogen durch die Gegend.

Mira schaute entsetzt auf das stöhnende Menschenknäuel. Und nicht weit davon saß Amanda schimpfend im Schnee: »Unverschämtheit. Mein nagelneuer Skianzug. Völlig ruiniert.«

Der Skilehrer kam mit elegantem Schwung den Berg herunter, um seiner Schülerin und dem überfahrenen Simon aufzuhelfen. Beiden schien außer dem Schreck nichts weiter zugestoßen zu ein. Simon blutete lediglich ein wenig aus der Nase. Das Mädchen stand ihm bestürzt gegenüber. »Verzeihung, das wollte ich nicht. Du blutest ja. Hier, nimm mein Taschentuch ...«

Sie hielt Simon ein Spitzentaschentuch hin, das er sich auf die Nase presste. Dabei starrte er das Mädchen an, als habe er einen Schock erlitten.

Der Skilehrer meldete sich zu Wort: »Da scheinen

wir ja mächtig Glück gehabt zu haben. Sämtliche Knochen noch heil?« Und an das Mädchen gewandt: »Valerie, wir machen jetzt ohnehin Schluss. Ich verabschiede die anderen und dann bringe ich dich zu deinem Vater.«

Valerie nickte, doch auch sie konnte den Blick nicht von Simon abwenden. »Und wie heißt du?«, hauchte sie.

»Si ... äh ... Simon.«

Miras Blick glitt zwischen Simon und Valerie hin und her. Auch Amanda starrte fassungslos auf diese Szene. Beiden war klar, was sich da vor ihren Augen abspielte.

Valerie berührte vorsichtig Simons Nase. »Ist auch bestimmt nichts gebrochen?«

Simon erstarrte förmlich bei der Berührung.

Der Skilehrer kam zurück und sammelte Valeries Skiausrüstung ein. »Komm schon, Valerie, dein Vater wartet.«

Valerie stöhnte. Dann flüsterte sie Simon zu: »Ich wohne im Hotel. Vanderstrass, Suite 411. Du auch?«

Simon schüttelte den Kopf.

»Na, vielleicht sehen wir uns ja trotzdem morgen?«

Simon nickte heftig.

Er starrte Valerie noch hinterher, als sie schon längst mit dem Skilehrer im Hotel verschwunden war. Mira wechselte einen Blick mit Amanda. Und in einem kurzen Augenblick stillen Einvernehmens hoben beide einen Zeigefinger und tippten sich an die Stirn. Simon war verknallt. Offensichtlich und heftig. Mira schüttelte den Kopf. Da war sie nun seit Jahren fast täglich mit Simon zusammen, aber sie hatte er noch kein einziges Mal so angestarrt wie diese Valerie Vanderstrass.

Merkwürdig. Der Name sagte ihr irgendetwas. Vanderstrass. Wenn sie nur wüsste ...

Den ganzen Rückweg schwiegen alle drei. Simon träumte offensichtlich von Valerie und bemerkte gar nicht, dass seine Nase bereits zu bluten aufgehört hatte. Er presste Valeries Taschentuch dennoch weiter auf sein Gesicht. Mira und Amanda schwiegen aus anderen Gründen.

So kam es, dass Mira nach dem Abendessen, müde von der Fahrt und frustriert über Simons Verhalten auf der Skipiste, schon deutlich *vor* 22 Uhr im Bett lag. Nestroy kuschelte sich ebenfalls auf ihr Kopfkissen und Mira kraulte ihrem geliebten Kater das Fell, während sie grübelte.

Ob Simon jetzt den Rest ihres Aufenthaltes nur noch Augen für diese Valerie hätte? Oder würde er wieder vernünftig werden?

Coole Typen

Mira wachte nach einer fest durchschlafenen, gänzlich traumlosen Nacht auf. Sie räkelte sich im Bett, dann fiel ihr Blick auf die Uhr. Blitzschnell sprang sie aus ihrem Schlafsack und sah sich um. Der Schlafsaal lag völlig verlassen da. Es war bereits nach acht. Wenn sie sich nicht beeilte, würde sie das Frühstück verpassen. Sie schaute sich um, doch Nestroy war nirgends zu entdecken. Typisch. Statt sie zu wecken, hatte er sich garantiert den anderen angeschlossen und sich schon vor einer Stunde den Bauch voll geschlagen.

30 Sekunden später sprintete sie in den Frühstücksraum und ließ sich auf einen Sessel sinken. Mit einem Blick erkannte sie, dass sie zu spät gekommen war. Sämtliche Wurst- und Käseplatten waren bereits abgeräumt. Simon, der ihr gegenübersaß, verfütterte gerade die letzte Käsescheibe an Nestroy.

Mira griff zur Teekanne und schüttelte sie: »Leer! Ihr seid vielleicht Freunde! Gibt's hier eigentlich noch irgendwas, was ihr nicht vertilgt habt?«

Simon warf einen Blick auf die anderen Tische. Dann lächelte er: »Da drüben steht noch Müsli.«

»Müsli? Willst du mich vergiften?«

Simon zuckte mit den Schultern. »Du wolltest wissen, was es noch gibt.«

Mira seufzte und goss sich ein Glas kalt gewordener Milch ein. »Also schön. Dann eben nicht. Warum bist du eigentlich schon so fit? *Du* bist doch sonst der Langschläfer.«

Mira schnüffelte, dann musterte sie Simon kritisch. »Kommt hier Eau de Toilette aus der Duschbrause? Wem willst du denn imponieren?«

Eine Antwort blieb aus, stattdessen wurden Simons Ohren schlagartig rot. Mira grinste zufrieden. Volltreffer!

Dann sank ihre Stimmung schlagartig auf null, als ihr klar wurde, was das bedeutete. Simon war also tatsächlich total verknallt in diese Valerie ...

Simon konnte den Stimmungsumschwung mühelos an Miras Gesicht ablesen: »Was ist los? Geht es dir nicht gut?«

Mira knurrte: »Ich hab mich wahrscheinlich überfressen.«

»Aber du ...«

Ein lautes Händeklatschen unterbrach Simon. Frau Bloomsdorf stand auf und verkündete: »Wir gehen jetzt in den Aufenthaltsraum. Unsere erste Probestunde beginnt.«

Sofort sprangen die Schüler auf und stellten laut schnatternd ihr Geschirr auf den Abräumwagen. Jede weitere Unterhaltung war unmöglich. Mira kippte hektisch den Rest ihrer Milch hinunter und folgte den anderen.

Frau Bloomsdorf ließ die Schüler einen Halbkreis aus Stühlen bilden. Zufrieden glitt ihr Blick über ihre hoffnungsvollen Jungschauspieler. Sie rieb die Handflächen kräftig und schnell aneinander – das tat sie immer, wenn sie freudig erregt war.

Schließlich hob sie beide Hände und das vielstimmige Gemurmel erstarb.

»Nun ist der Moment gekommen, in dem ich euch mit unserem neuen Stück bekannt machen möchte. Wir wollen es in einigen Monaten im Rahmen der landesweiten Schultheatertage zum Besten geben.«

Ungläubiges Erstaunen zeichnete sich auf den Gesichtern ihrer Schüler ab. »Doch, Kinder, ihr habt richtig gehört: unsere Theater-AG wurde erstmals dazu eingeladen, an den Schultheatertagen teilzunehmen.«

Mira pfiff laut durch die Zähne, was ihr einen strafenden Blick von Frau Bloomsdorf einbrachte.

»Nun, diesem Anlass entsprechend habe ich ein besonders bedeutendes Stück für uns ausgewählt. Es handelt sich um – *Nathan der Weise* von ...«

»Schiller!« Amanda strahlte ihre Mitschüler an und sonnte sich in ihrem Wissen. Doch da sagte Frau Bloomsdorf schon: »Tut mir Leid, Amanda, nicht von Schiller. Das Stück entstammt der Feder von Gotthold Ephraim Lessing – einem der ganz großen deutschsprachigen Dramatiker.«

Mira und einige andere kicherten leise. Doch Frau Bloomsdorf war nicht bereit, dies zu dulden: »Ich darf doch um Ruhe bitten – oder hätte jemand von euch den Autor gekannt?«

Schlagartig herrschte Stille im Raum. Auch Amanda schwieg, nun allerdings mit hochrotem Kopf.

Frau Bloomsdorf verteilte die Texthefte, umriss grob den Inhalt und ordnete an: »Den Rest des Vormittags und heute Nachmittag macht ihr euch ein wenig mit dem Stück vertraut. Vor dem Abendessen präsentiere ich euch dann die vorgesehene Rollenverteilung.«

Mira seufzte und flüsterte Simon zu: »Unser Urlaub artet noch richtig in Stress aus. Oder?«

Dabei bemerkte sie, dass Simons Gesicht schlagartig an Farbe verloren hatte.

»Ich glaube, jetzt geht es dir nicht gut. Kann das sein?«

Simon schüttelte langsam und bedächtig den Kopf. »Es ist nur. Ich dachte ... ich wollte eigentlich ...«

»Ach, stimmt ja. Du hast ja heute Nachmittag ein Date mit dieser ... dieser ... – wie hieß sie noch?«

»Valerie!«

Mira bemerkte das Funkeln in Simons Augen und die beschwingte Betonung.

Simon stand entschlossen auf. »Bis zum Mittagessen sind es noch fast zwei Stunden. Wenn ich mich reinkniee, habe ich den Text bis dahin durch.«

Mira grinste. Auf einmal wurde Simon richtig arbeitswütig. Sie beobachtete amüsiert, wie Simon sich in eine Ecke des Aufenthaltsraumes zurückzog und konzentriert im Textheft zu lesen begann.

Mira steckte ihr Heft in die Hosentasche und rief Nestroy: »Lust auf einen Schneespaziergang, Alter?«

So verbrachte Mira den Vormittag an der frischen Luft. Sie erkundete die nähere Umgebung des Landschulheimes und war frühzeitig zum Mittagessen wieder zurück.

Ihre *Toblertaler Nudelpfanne* verzehrte sie mit großem Appetit – schließlich hatte sie seit gestern Abend keine feste Nahrung mehr zu sich genommen. Als die Küche nach dem dritten Nachschlag streikte, gab Mira sich notgedrungen zufrieden.

Simon, der seine erste Portion gerade verspeist hatte, lächelte: »Wo steckst du das eigentlich alles hin?

Bei den Mengen, die du verdrückst, müsstest du eigentlich aussehen wie eine Tonne.«

Mira zuckte mit den Schultern und angelte sich ein Schälchen mit Apfelkompott. »Meine geliebten Freunde und Schauspielerkollegen wissen das ja zu verhindern. «

Simon grinste, keineswegs betroffen. Dafür schob er Mira sein Dessert hin.

»Nanu? Magst du's nicht?«

»Ich hab noch was vor.«

Simon verschwand in Richtung Schlafzimmer, während Mira sich mit Nestroy den zweiten Nachtisch teilte. Da auch einige der anderen keinen großen Wert auf ihr Apfelkompott legten, erhob sich Mira erst nach dem fünften leeren Kompottschälchen. Während die meisten Schüler sich nach dem Essen mit ihren Textheften zurückzogen, beschloss Mira, mit Nestroy einen kleinen Verdauungsspaziergang zu unternehmen.

Draußen war die Vormittagssonne hinter dichten Wolken verschwunden. Es sah so aus, als ob es heute noch anfangen würde zu schneien. Mira packte sich dick in ihre Jacke ein, wickelte sich einen Schal um den Hals und zog Handschuhe über.

Ihr Weg führte sie die Zufahrt hinab, dann quer durch den Kiefernwald. Der Schnee war hier gut einen Meter hoch, die Oberfläche zu einer harten Kruste gefroren. So konnten Mira und Nestroy quer durch die Landschaft stapfen, ohne allzu sehr einzusinken. Am Morgen hatte Mira eine malerische kleine Felsklippe entdeckt, von der aus man eine gute Sicht über große Teile des romantischen Tals hatte. An diesem Plätzchen wollte sie sich niederlassen und ein wenig im *Nathan* blättern.

Der Fels war noch warm von der Vormittagssonne und so konnte Mira die traute Zweisamkeit mit ihrem Kater genießen. Während Nestroy vorgab, im Schnee nach Mäusen zu graben, lehnte sich Mira an den Stamm einer alten, knorrigen Kiefer und zog ihr Textheft heraus.

Nathan der Weise versetzte sie ins alte Jerusalem unter Händler, Sultane und Tempelritter. Mira seufzte. Frau Bloomsdorf hatte eine unerklärliche Vorliebe für steinalte Klassiker.

Mira blätterte lustlos im Text. »Hör dir das an, Nestroy:

... wenn du so schwierig sein willst, junger Mann:
So werd auch ich ja wohl auf meiner Hut
Mich mit dir halten müssen? Leider bin
Auch ich ein Ding von vielen Seiten, die
Oft nicht so recht zu passen scheinen mögen ...«

Mira kicherte. »Ganz schön schwülstig – aber irgendwie ...«

Ihre Gedanken schweiften ab, kamen bei Simon an. Mira klappte das Textheft zu und ließ ihren Blick übers Tal gleiten. »Simon ...«, seufzte sie versonnen.

Plötzlich schreckte sie hoch. »Simon?«

Vor sich sah sie eine vermummte Gestalt auf dem Weg, der vom Landschulheim zum Hotel führte. Sie trug unter dem Arm ein knallbuntes Snowboard und einen Rucksack. Die Entfernung war zu groß, um sich sicher zu sein, aber die Jacke ...

Dort, eine zweite Gestalt folgte der ersten. Diesmal erkannte Mira auf Anhieb, um wen es sich handelte: »Amanda!«

Nur ein Mensch trug einen dermaßen schreiend giftgrünen Skianzug. Nun wusste Mira auch, dass es

Simon war, der vorausging. Sicher war er unterwegs zum Hotel, um seine große Liebe Valerie zu treffen. Und Amanda folgte ihm heimlich. Garantiert kochte sie vor Eifersucht. Mira stand auf und steckte das Textbuch in die Tasche, dann ging sie entschlossen los. Nestroy folgte ihr.

Mira blieb immer in Deckung hinter Bäumen, Felsen und Schneewehen, so dass weder Simon noch Amanda sie entdeckten. Simon stapfte ohnehin, wahrscheinlich blind vor Liebe, zielstrebig Richtung Hotel. Und Amanda hatte nur Augen für den Jungen, den sie verfolgte.

So erreichte die merkwürdige, weit auseinander gezogene Karawane schließlich die Terrasse des Hotels *St. Perrier.* Mira beobachtete aus sicherer Entfernung Amanda, die wiederum hinter der Mauer, die die Hotelterrasse umgab, in Deckung ging und von dort zusah, wie Simon freudestrahlend auf Valerie zulief. Das Mädchen schnallte gerade die Skier an.

Der Skilehrer von gestern stand dabei. Es gab einen längeren Wortwechsel und schließlich fuhr der Skilehrer ohne Valerie zu seiner wartenden Gruppe. Sie schnallte ihre Skier wieder ab und schlenderte mit Simon zu einem kleinen Hang abseits der Skipiste. Mira beobachtete, wie Simon Valerie Einzelunterricht im Snowboarden verpasste. Erst führte er einige Kunststücke vor, bevor schließlich Valerie aufs Brett stieg. Trotz – oder gerade wegen? – Simons Bemühungen stellte Valerie sich sehr ungeschickt an und die beiden landeten mehr als einmal laut lachend im Schnee.

Simon amüsierte sich offensichtlich prächtig. Dass Amanda dabei noch ruhig bleiben konnte, erstaunte Mira wirklich. Auch sie konnte den Blick nicht abwenden – obgleich ihre Hände und Füße nach einer Dreiviertelstunde eiskalt waren.

Schließlich beobachtete sie, wie Simon Valerie zum Hoteleingang brachte. Die beiden verschwanden im Foyer. Amanda schlich an eines der Fenster und starrte hinein. Schon nach wenigen Minuten kam Simon wieder heraus – ohne Snowboard. Nach einem Blick auf die Uhr ging er schnellen Schrittes über die Terrasse in Miras Richtung davon. Mira sah noch, wie Amanda sich rasch zur Seite drehte, doch Simon schaute ohnehin nur geradeaus.

Mira machte sich ganz dünn und drückte sich eng an den Stamm. Schon war Simon auf gleicher Höhe angekommen, als Nestroy ihm plötzlich laut miauend in den Weg sprang. Mira rutschte das Herz in die Hose.

Simon bückte sich: »Nestroy! Was machst du denn hier? Ist Mira auch in der Nähe?«

Mira wagte nicht zu atmen. Da der Kater sich nur laut schnurrend an Simons Beine drückte, vergaß Simon seine Frage.

»Na, komm einfach mit. Es wird bald dunkel und zu schneien fängt es auch gerade an.«

Simon schnappte Nestroy, der davon natürlich begeistert war, und stapfte weiter. »Weißt du, ich muss mich beeilen. Frau Bloomsdorf hasst es, wenn man sich verspätet.«

Mira atmete langsam aus.

»Hey, Simon, so ein Zufall!«

Mira erstarrte wieder zur Salzsäule. Das war Amandas Stimme.

Simon drehte sich um: »Na, was für eine Überraschung. Was machst du denn hier?«

»Oh, ich wollte nur mal im Hotel fragen, ob sie unsere Suite-Reservierung auch wirklich eingetragen haben. Und da habe ich dich weggehen sehen.«

Simons Blick blieb skeptisch: »So rein zufällig?«

»Aber ja doch!«, flötete Amanda. »Was hast du denn hier gemacht?«

Simon schwieg kurz, dann sagte er abweisend: »Ein kleiner Privatausflug.«

Amanda nickte: »Verstehe. Na, dann können wir ja zusammen zurückgehen. Wir sind schon spät dran.«

Simons Misstrauen verflog so schnell, wie es gekommen war. »Also schön, aber wir müssen uns wirklich beeilen.«

Mira wartete geschlagene zwei Minuten, bis Amanda und Simon fast außer Sichtweite waren, bevor sie die Deckung des Baumstammes verließ.

Eines musste man dieser Amanda lassen: Sie konnte wirklich gut schauspielern. Keine Silbe davon, dass sie Simon den ganzen Nachmittag observiert hatte, keinen Ton von Valerie. So ein ausgekochtes Luder!

Mira warf einen Blick auf ihre Uhr. Sie waren tatsächlich verdammt spät dran. Sie musste sich beeilen. Andererseits konnte sie Amanda, Simon und Nestroy nicht überholen, ohne bemerkt zu werden. Also schlich sie den dreien in sicherer Entfernung hinterher.

Sie kamen über eine Viertelstunde zu spät im Landschulheim an. Nachdem Simon Nestroy abgesetzt hatte und mit Amanda im Gebäude verschwunden war, wartete Mira noch einige Minuten, um keinen Verdacht aufkommen zu lassen – dann folgte sie ihnen.

Sie riss die Tür zum Aufenthaltsraum auf. Frau Bloomsdorf, offensichtlich bereits von Simons und

Amandas Zuspätkommen sichtlich genervt, warf Mira einen Blick zu, der nichts Gutes verhieß.

»Die Disziplin scheint unserer Theatergruppe völlig abhanden gekommen zu sein. Das habe ich zwischenzeitlich gemerkt. Aber du, Mira, hast es mal wieder geschafft, alle deine Mitschüler zu übertrumpfen. Hast du eine Erklärung?«

Mira bewegte sich langsam, aber zielstrebig auf den einzigen freien Platz in der Runde zu. Sie räusperte sich: «Ähm. Ja!«

»So. Und würdest du so gnädig sein, uns diese mitzuteilen?«

»Ähm. Nö!«

«Nein?«

Mira schüttelte kurz, aber unmissverständlich den Kopf.

»Also schön, Mira. Setz dich bitte. Wir werden uns später unterhalten.«

Ruckzuck war Mira zu Simon gehuscht. Sie vermied es ihn anzusehen und richtete stattdessen ihren Blick auf Frau Bloomsdorf, die ihren Ordner aufklappte.

Aus den Augenwinkeln konnte Mira jedoch erkennen, dass Simon sie eindringlich musterte. Sie konnte förmlich hören, was er dachte ...

Doch Mira tat so, als sei Simon Luft.

Frau Bloomsdorf räusperte sich. Sie verlas die Besetzung der einzelnen Rollen, sparte sich jedoch – wie sie es immer gern machte – die Hauptrollen bis zum Schluss auf.

Sie klappte ihren Ordner zu. Was nun folgte, hatte sie sicher mehrere Male in ihrem Zimmer geübt. Sie verkündete: »Kommen wir nun zur zentralsten und sicher auch schwierigsten Rolle unseres Stückes. Die

Rolle des Nathan, bei weitem die mit dem umfangreichsten Text, möchte ich diesmal gerne Sven geben. Er hat sich bei den vergangenen Aufführungen ungewöhnlich engagiert und gehört zu denen, die ihren Text immer am schnellsten und auch am sichersten beherrschen. Für unseren gut aussehenden Jungstar Simon ...«

Einige der Mädchen begannen zu kichern.

»... habe ich eine Rolle, die für ihn wie geschaffen ist: Er spielt den jungen Tempelherrn.«

»Gerne, Frau Bloomsdorf«, strahlte Simon.

Die Lehrerin nickte ihm wohlwollend zu und räusperte sich für die nächste Ankündigung: »Amanda spielt die Recha, Nathans Tochter. Deren Gesellschafterin und innige Freundin, die junge Daja, wird gespielt von ...«

Frau Bloomsdorf drehte sich um und lächelte: »Mira!«

Die schreckte hoch und war viel zu verdutzt, um mehr herauszubringen als: »Äh, ja, gut, Frau Bloomsdorf.«

Erst ganz allmählich wurde Mira das ganze Ausmaß dieser Entscheidung bewusst. Sie schüttelte den Kopf und murmelte: »Freundinnen ... Freundinnen?! Ausgerechnet Amanda und ich?« Mira beugte sich zu Simon hinüber: »Fühl mal meine Stirn. Hab ich vielleicht einen Schock?«

Simon lachte: »Geht wieder vorbei. Sieh mal, Amanda trägt es auch mit Fassung.«

Miras Blick glitt hinüber zu Amandas Platz. Tatsächlich, sie schien blendender Laune zu sein.

Mira fragte Simon verwundert: »Warum grinst Amanda so unverschämt?«

Simon zuckte mit den Schultern: »Keine Ahnung, vielleicht wegen des Schlusses?«

»Ich verstehe nur Bahnhof.«

Simon grinste: »Hättest du deinen Text gelesen, statt in der Gegend herumzuziehen, dann wüsstest du es.«

»*Was* wüsste ich?«

»Na, dass Recha am Ende dem jungen Tempelherrn in die Arme fällt – sie ist seine unerkannte Schwester ...«

Mira knurrte: »Und meine Rolle, die Daja?«

»Daja tritt schon ein paar Szenen vorher ab.«

Mira knurrte: »Aber wehe, es gibt eine Knutschszene zum Schluss!«

Simon lachte: »Keine Knutschszene!«

»Sicher?«

»Lies selbst, dann wirst du es sehen.«

Mira stöhnte: »Wird mir ohnehin nichts anderes übrig bleiben.«

Frau Bloomsdorf klatschte in die Hände. Ein untrügliches Zeichen dafür, dass sie ihre Schützlinge nun entlassen würde. Die Schüler sprangen auf. Ihre Lehrerin verkündete: »Heute Abend gibt es kein Programm, so kann jeder sich ein wenig mit seinem Text beschäftigen. Ihr dürft auch noch eine Weile raus in den Schnee, aber vergesst nicht, dass um 22 Uhr Bettruhe ist.«

Ein Abend mit Hindernissen

Beim Abendessen fand sich schnell eine große Gruppe von Schülern, die statt in den Textheften zu büffeln lieber noch einen kleinen Spaziergang ins Dorf unternehmen wollte. Simon gehörte ebenso dazu wie Mira und auch Amanda.

Gemeinsam stapften sie durch das mittlerweile stärker gewordene Schneetreiben. Die Stimmung war aufgeregt und ausgelassen. Bald schon sahen sie den Lichtschein der ersten Häuser und bummelten dann gemütlich durch die malerischen Straßen. Hier im Dorf schien es ausschließlich Bistros, Andenkenläden und sündhaft teure Boutiquen zu geben. Viele davon hatten noch auf und warteten auf zahlungskräftige Kundschaft aus dem Nobelhotel. Direkt am kleinen Marktplatz lag die mit hunderten bunten Lampions erhellte Eisbahn und in wenigen Minuten hatte sich jeder ein Paar Schlittschuhe geliehen. Alle kurvten ausgelassen über die zerkratzte Eisfläche. Mira stand zwar zum ersten Mal auf Schlittschuhen, doch dank ihrer Inliner-Erfahrungen hatte sie die glatten Kufen in wenigen Minuten voll im Griff. Amanda, die auch zu Hause oft Schlittschuhe lief, drehte eine gekonnte Pirouette nach der anderen und beeindruckte auch die anderen Gäste. Für einen besonders gewagten Sprung erhielt sie sogar spontanen Applaus, woraufhin sie sich nach allen Seiten mit kunstvoll gespielter Demut verbeugte. Simon und Mira wechselten einen eindeutigen Blick, als Mira aus den Augenwinkeln wahrnahm, dass ihr von der gegenüberliegenden Seite der Bahn aus jemand zuwinkte. Mira drehte den Kopf – und runzelte unwillkürlich die Stirn. Es war Valerie. Und sie winkte natürlich nicht ihr, sondern Simon. Mira rammte Simon den Ellenbogen übertrieben hart in die Seite.

»Au, was soll das?«

»Da drüben winkt dir jemand.«

Simons Blick folgte dem ihren. In diesem Moment hätte sein Lächeln die ganze Eisbahn beleuchten können. Im Nu flitzte er quer über das Eis und unterhielt sich angeregt mit Valerie. Mira drehte mit den anderen weiter ihre Runden – nun jedoch eher gelangweilt. Simon plauderte den Rest des Abends fröhlich und immer wieder lachend mit seinem Schwarm.

Endlich wurde es Zeit zur Rückkehr. Sie gaben ihre Schlittschuhe wieder ab und sammelten sich – nur Simon hing wie eine Klette an seiner neuen Bekanntschaft. Mira winkte, doch Simons Aufmerksamkeit galt anderen Dingen. Allmählich machte sich die Gruppe auf den Weg, zu groß schien das Risiko, vor verschlossenen Türen zu stehen oder – noch schlimmer – Herbergsvater Grantl in die Arme zu laufen.

Mira wollte auf Simon warten. Sie verabschiedete sich von den anderen und wollte Simon endlich von Valerie loseisen. Hinter sich hörte sie eine Stimme: »Warte, ich komme mit.«

Mira fuhr herum. »Amanda! Wenn ich deine Hilfe bräuchte, hätte ich es dir gesagt.«

Amandas Stimme klang so überheblich wie immer:

»Du hast nicht das Recht, mir die gute Laune zu verderben.« Sie verschränkte trotzig die Arme vor der Brust. »Ich werde warten.«

»Doch nicht etwa auf mich?«

Simon war unbemerkt zu den beiden Mädchen getreten. Mira sah sich rasch um. Von Valerie keine Spur.

Amanda säuselte: »Natürlich auf dich, Simon. Ich könnte es nie verschmerzen, wenn du Ärmster in der Kälte vor verschlossenen Türen stehen würdest.«

»Na, dann würde ich vorschlagen, dass wir uns beeilen.«

Die drei stapften los und kämpften sich durch das immer dichter werdende Schneetreiben. Der Wind trieb die dicken Schneeflocken fast waagrecht vor sich her. Mit zusammengekniffenen Augen stemmten sie sich gegen den Wind. Als sie zur Weggabelung kamen, waren die Wegweiser durch die Schneeverwehungen unleserlich geworden und mit einer dicken Schneehaube bedeckt.

»Weiß eine von euch, welcher Weg der richtige ist?«, fragte Simon.

»Links!«, sagte Amanda. »Rechts!«, erwiderte fast gleichzeitig Mira.

Simon kratzte sich am Kopf. »Danke, so genau wollte ich es gar nicht wissen. Was machen wir jetzt?«

Amanda beharrte darauf: »Wir gehen den linken Weg. Ich habe Recht.«

Simon war noch unsicher: »Ich glaube aber fast, es war der rechte.«

»Schauen wir doch einfach nach.« Mühelos zog sich Mira an der Stange empor und streifte den Schnee ab. Sogleich fielen wieder neue Schneeflocken darauf, doch man konnte gut erkennen, dass der linke Weg der richtige war.

Amanda nickte selbstzufrieden. »Siehst du, du solltest dich mehr auf mein Urteil verlassen, statt mit dieser Göre aus dem Hotel herumzumachen.«

Simon reagierte erbost: »Was geht dich das an, mit wem ich meine Zeit verbringe?«

In Amanda kam endlich die angestaute Eifersucht zum Vorschein. Sie stellte sich so dicht vor Simon, dass ihre Nasen sich fast berührten: »Wie kannst du nur so blöd sein und dich mit einer hergelaufenen Urlaubsbekanntschaft vergnügen, die dich schon morgen wieder vergessen hat?«

»Woher willst du das denn wissen?«

»Ich weiß es. Und ich weiß auch, was gut für dich ist. Diese Valerie ist es auf jeden Fall nicht.«

Simon schwieg, doch Mira kannte ihn gut genug, um zu wissen, dass die Wut in ihm tobte. Amanda und Simon starrten sich mit hochroten Köpfen an. Endlich zischte Simon leise, aber zutiefst feindselig: »Und du ganz bestimmt auch nicht. Du arrogante, besitzergreifende, großkotzige Angeberin!«

Simon drehte sich um und ließ Amanda mit offenem Mund und nach Luft schnappend stehen.

»Das wirst du noch bereuen!« Amanda stolzierte Richtung Landschulheim davon. Simon sah ihr böse nach. Schließlich war in dem dichter werdenden Schneetreiben nur noch ein neongrüner Schatten zu erkennen, der kurz darauf völlig im diesigen Grau verschwand.

Mira schluckte. Eben hatte Simon Amanda zum ersten Mal so richtig abfahren lassen. Hatte er endlich gemerkt, dass sie nur eine oberflächliche Angeberin war?

Mira schluckte. »Du, Simon?«

»Ja?« Simons Stimme klang barscher, als er beabsichtigt hatte. Noch immer war er über Amanda verärgert.

Mira zögerte.

»Was ist denn?« Simon klopfte den Schnee von seinem Daunenanorak.

Mira nahm ihren ganzen Mut zusammen. »Ich wollte fragen, na, ich meine, ob du ... also ... hast du Lust, mit mir noch einen Spaziergang zu machen?«

Simon schüttelte abrupt den Kopf. »Nein danke! Ich muss mich erst mal abreagieren!«

»Aber ich könnte doch ...«

Simon hob lachend die Hände. »Lass mal, für heute habe ich genug von besitzergreifenden Frauen.«

Mira schluckte. Sie merkte, wie sie knallrot wurde. Beinahe kläglich stammelte sie vor sich hin: »Ach so.«

Tausend Gedanken wirbelten wie tanzende Schneeflocken in ihrem Kopf herum. So stapfte sie aufs Geratewohl durch das dichte Schneetreiben.

Hinter sich hörte sie Simons Stimme: »He, warte. Hab ich etwas Falsches gesagt? War doch bloß ein Witz. Mira? Mira? Mira!!!!«

Kurz darauf verlor sich Simons Stimme im Wind. Mira stopfte ihre Hände tief in die Anoraktaschen und brummte vor sich hin: »Feiner Kerl! Stellt mich mit dieser dummen Schnepfe auf die gleiche Stufe. So ein Idiot.«

Erst jetzt nahm Mira ihre Umgebung wieder wahr und erschrak. Ohne Acht zu geben, hatte sie den rechten, falschen, Weg gewählt. Wo würde er sie hinführen?

Hinter sich im Schneetreiben hörte sie ein tiefes,

rhythmisches Geräusch. Es kam näher. Merkwürdig. Es klang beinahe wie ein Schiffsmotor oder ein Traktor. Aber hier? Um diese Jahreszeit?

Das Geräusch wurde immer lauter. Jetzt sah Mira auch schwaches Scheinwerferlicht, das rasch näher kam. Schnell sprang sie von der Fahrbahn und rutschte die kleine Böschung hinunter. Im gleichen Augenblick erfassten die Scheinwerfer jene Stelle, an der Mira soeben noch gestanden hatte. Ein riesiges Fahrzeug bretterte vorbei und wurde im Schneetreiben wieder undeutlicher und leiser.

Mira rappelte sich aus dem Tiefschnee hoch, wischte sich den Schnee aus dem Gesicht und schimpfte.

Im selben Moment erstarb das Geräusch des Fahrzeuges völlig. Mira lauschte angestrengt. Sie hörte undeutliche Stimmen und kurz darauf das Schlagen zweier Türen. Dann wurde es wieder still.

Das Gefährt, vermutlich eine Art Schneefräse, musste nicht weit von ihr entfernt angehalten haben. Mira wunderte sich. Um diese Zeit? In dieser unwirtlichen Gegend? Vielleicht eine Panne?

Mira war schnell entschlossen. Der Abend war ohnehin im Eimer. Sie stapfte in die Richtung, von wo sie die Stimmen gehört hatte.

Bald schon erkannte sie die Umrisse des Fahrzeuges. Vorsichtig ging sie näher heran. Doch alles war still. Mira trat näher heran und erkannte, dass es in der Tat eine Art Räumfahrzeug war. Jetzt lag es verlassen da. Auf der Tür des versperrten Wagens prangte das Logo der örtlichen Skischule. Mira ging einmal um das Fahrzeug herum und horchte. Sie hörte leichtes Klappern von Metall. Eine weitere halbe Runde brauchte sie, bis sie Fußspuren entdeckte, die vom Weg schräg über die weiße Schneefläche führten.

Mit einem Schlag schrillten sämtliche Alarmglocken in Miras geschultem Detektivgehirn. Ihr kam die ganze Sache höchst verdächtig vor. Wer hätte wohl einen plausiblen Grund, um hier so spät am Abend mit einem Räumfahrzug zu parken und schnurstracks in die Schneewüste zu marschieren? Mira hatte keine Ahnung, wo genau im Tal sie sich befand. Sie wusste nur, dass sie nicht allzu weit vom Taleingang entfernt sein konnte.

Sie dachte nach. Sollte sie dem oder den Fahrern folgen? Aber was war, wenn hier wirklich etwas Kriminelles vor sich ging und sie erwischt würde? Sie grübelte und merkte erst jetzt, dass der Schneefall stark nachgelassen hatte. Sie sah auf ihre Uhr. Es war schon fünf vor zehn. Selbst wenn sie jetzt losrannte, würde sie zu spät zum Landschulheim kommen.

Miras Blick folgte den Fußspuren. Dort. Jetzt erkannte sie in der Dunkelheit den Strahl zweier Taschenlampen, die sich rasch vorwärts bewegten. Mira war angespannt. Nach einer kurzen Pause bewegten sich die Lichtkegel steil aufwärts! Sie mussten am Rand des Tals angekommen sein und stiegen jetzt die Wand senkrecht empor. Welcher Skilehrer kam mitten in der Nacht auf die Idee, in der Wand zu klettern? Weit entfernt von jeder Skipiste? Irgend etwas stimmte hier ganz und gar nicht. Niemand ging grundlos ein solches Risiko ein ...

Die Lichtkegel stiegen rasch höher und bewegten sich schließlich auf konstanter Höhe seitwärts weiter, bis einer von ihnen erlosch. Der Schneefall wurde jetzt wieder stärker, sodass Mira die verbliebene Lichtquelle nur undeutlich erkennen konnte. Sie schien sich nun nicht mehr zu bewegen.

Mira murmelte vor sich hin: »Möchte bloß wissen, warum die da oben auf dem Grat herumturnen. So was ist doch gefährlich.«

Dann sah sie wieder auf ihre Uhr. Sie seufzte. Es war halb elf. Höchste Zeit, eine Entscheidung zu treffen. Mira trat zu einer der Kiefern, die hier vereinzelt wuchsen, und brach rasch drei Zweige ab. Dann steckte sie diese direkt daneben so in den Schnee, dass die Spitzen der Zweige eine Linie bildeten, die direkt auf die immer noch leuchtende Taschenlampe wies. Wenn sie morgen bei Tageslicht wieder hierher käme, würde sie im Verlauf der Linie dieser drei Zweige in der Ferne den Ort dieser nächtlichen Aktion erkennen können.

Endlich war sie zufrieden. Sie drehte sich um und ging schnellen Schrittes zurück zur Abzweigung, um von dort den Weg zum Landschulheim zu nehmen.

Dort angekommen drückte sie vorsichtig und leise die Klinke der Eingangstüre hinunter – und atmete auf. Sie war offen! Flink huschte Mira in den Flur. In der Dunkelheit tastete sie nach dem Lichtschalter.

Auf das plötzlich aufflammende Licht war Mira nicht gefasst gewesen. Sie erschrak. Wenige Meter vor ihr stand, die Hände in die Hüften gestemmt, Herbergsvater Grantl.

Unerwartete Gäste

Mira atmete tief durch und setzte ihr freundlichstes Lächeln auf: »Guten Abend, Herr Grantl!«

Entschlossen ging sie an dem großen Mann vorbei und glaubte sich schon in Sicherheit, als sie hinter sich Grantls durchdringende Stimme hörte: »Halt! Weißt du eigentlich, wie spät es ist?«

Mira blieb stehen und stieß einen vernehmlichen Seufzer aus. »Ich weiß es.«

»Und?«

Mira drehte sich langsam um. »Und eben darum will ich jetzt ins Bett.«

»Bettruhe ist in meinem Haus um Punkt 22 Uhr. Das solltest du eigentlich wissen.«

»Ich schon.«

»Aber?«

»Mein Kater leider nicht. Irgendwie ist er nach draußen entwischt.«

Nestroy kam Mira zu Hilfe. Leise schnurrend spazierte er zu Grantl und strich um dessen Beine. Dabei ließ er ein zufriedenes Knurren hören. Grantl blickte irritiert auf Nestroy hinab. Mira setzte noch eins nach.

»Der Ärmste ist nicht mehr der Allerjüngste. Er hat eine empfindliche Blase. Und wenn er bei diesem Wetter eine Nacht draußen verbringen müsste, dann könnte er sich den Tod holen.«

Grantls Blick wurde zusehends weniger bedrohlich. Mira schickte einen unschuldigen Augenaufschlag hinterher. »Und ich wollte nicht an seinem Tod schuld sein. Sie etwa?«

»Ich? Aber wieso? Ich meine: Nein. Natürlich nicht!« Grantl gab ihr mit einem Wink zu verstehen, dass sie sich entfernen durfte. »Also schön. Aber dass sich das nicht jede Nacht wiederholt. Da draußen kann es um diese Zeit für kleine Mädchen recht gefährlich sein.«

Mira nickte. Dann dachte sie daran, dass Grantl vermutlich jeden im Ort kannte.

»Äh, eine Frage hätte ich noch: Die Skischule, hat die ein eigenes Räumfahrzeug?«

Grantl starrte sie durchdringend an. Sekundenlang. Dann antwortete er mit einem merkwürdig lauernden Unterton in der Stimme: »Eine Pisten- und Loipenpflegemaschine. Warum?«

»Ach – ich dachte nur, ich hätte eine an mir vorbeifahren sehen.«

»Wann?« Die Frage kam wie aus der Pistole geschossen.

Mira stutzte. Instinktiv entschied sie, nicht alles auf den Tisch zu legen, was sie beobachtet hatte: »Vor fast zwei Stunden. Drunten im Ort. Dann verschwand sie im Schneegestöber und ich habe sie nicht mehr gesehen.«

Grantl blickte schon wieder freundlicher drein. »Kann sein. Manchmal werden die Pisten und Loipen nachts präpariert, weil am Tag zu viel Betrieb herrscht.«

Mira nickte. »So etwas hatte ich vermutet.«

»Nun sieh aber zu, dass du ins Bett kommst, ohne die anderen zu wecken.«

Mira nickte: »Selbstverständlich!«

»Und ab morgen denkst du daran: 22 Uhr! Keine Minute später!« Mira wandte sich zum Gehen, als noch ein Gedanke durch ihren Kopf schoss. »Und, Herr Grantl ...«

»Was noch?«

»Danke!«

Grantl winkte wortlos ab und ging in die andere Richtung davon. Sicher in sein Privatbüro neben dem Speisesaal.

Gedankenverloren war Mira an der Flurecke stehen geblieben. Erst allmählich wurde ihr bewusst, worauf ihre Augen schon eine scheinbare Ewigkeit starrten. Herr Grantl hatte eine Spur feuchter Fußabdrücke auf dem hölzernen Boden hinterlassen.

Am folgenden Morgen verpasste Mira das Frühstück nicht. Ihre innere Uhr lief jetzt im Takt. Mira gehörte zu den Menschen, die in der Regel völlig ohne Wecker auskommen, weil sie exakt zu dem Zeitpunkt erwachen, den sie sich vorgenommen haben. So kam Mira diesmal zu einem ausgiebigen Frühstück. Simon tauchte erst auf, als an Miras Tisch bereits alle Plätze besetzt waren. So musste der Ärmste in Amandas Gesellschaft frühstücken. Grinsend beobachtete Mira, wie die beiden versuchten sich gegenseitig nicht zur Kenntnis zu nehmen. Sobald Amanda ihr Frühstück verzehrt hatte, stand sie auf und verließ den Raum. Mira nutzte die Chance und setzte sich zu Simon an den Tisch.

»Ähm, Simon, also wegen gestern ...«

Simon nickte. »Ich glaube, da ist was schief gelaufen. Ich war ein wenig gereizt.«

»Ich auch.«

»Wie wär's, wenn wir die ganze Sache vergessen? Schließlich sind wir Freunde.«

Mira seufzte. »Wäre wohl das Beste.«

Simon lächelte: »Ich bin heute Nachmittag mit Valerie verabredet. Ich zeige ihr, wie man Snowboard fährt.«

Mira kniff die Augen zusammen. Doch sie enthielt sich jeden Kommentars. Simon schnalzte mit den Fingern. »Wie wäre es, wenn du mitkommst?«

»Ich?«

»Klar. Du hast bestimmt Talent zum Snowboarden. Willst du's lernen?«

»Ja, aber ich dachte, du und Valerie ...«

Simon lächelte. »Das ist doch ganz was anderes. Du bist ein Kumpel. So was kann man gar nicht vergleichen.«

Mira schwieg einige Sekunden. Dann seufzte sie: »Mmmh. Schon in Ordnung. Also heute Nachmittag. Aber wo bekomme ich ein Snowboard her?«

»Kein Problem, wir leihen uns eines im Hotel. Aber jetzt müssen wir los, zur Probe.«

Der erste Probevormittag verlief lockerer als erwartet. Da außer Sven noch niemand nennenswerte Mengen seines Textes gelernt hatte, ließ Frau Bloomsdorf einige Seiten in Rollenbesetzung lesen, erzählte Verschiedenes über den Hintergrund des Stückes und ordnete dann eineinhalb Stunden konzentriertes Textpauken an. Dafür sollten sie dann den Nachmittag und Abend zu ihrer freien Verfügung haben.

Amanda und Simon gingen einander auch weiterhin aus dem Weg – was Mira mit unverhohlenem Wohlwollen beobachtete.

Dennoch drehte sie sich ständig um, als sie mit Simon auf dem Weg zum Hotel war.

Simon war dadurch etwas irritiert: »Was ist los? Leidest du unter Verfolgungswahn?«

Mira schüttelte den Kopf. »Nee, ich dachte nur, ich hätte was gehört.«

»Und wer sollte uns bitte folgen?«

»Amanda?«

»Quatsch!«

»Na, wenn du es sagst ...«

Der Skihang am Hotel war diesmal nicht sehr belebt, denn es schneite wieder kräftig. Für viele Grund genug, sich lieber im hoteleigenen Hallenbad aufzuhalten oder durchs Dorf zu schlendern. Valerie erwartete sie trotzdem bereits auf der Hotelterrasse – ein funkelnagelneues Snowboard unter dem Arm. Sie begrüßte Simon mit leuchtenden Augen und streckte auch Mira die Hand hin, die sie zögernd schüttelte.

»Schönes Snowboard. Geliehen?«

»Gekauft! Mein Vater hat es mir heute Morgen geschenkt. Obwohl mir auch ein geliehenes genügt hätte.«

Mira fiel endlich ein, wo sie den Namen Vanderstrass schon einmal gehört hatte.

»Sag mal, ist dein Vater zufällig *der* Vanderstrass?«

Simon runzelte die Stirn. Valerie lachte: »Wenn du den Filmproduzenten meinst – ja!«

»Du kennst ihren Vater?«, rätselte Simon.

»Nicht persönlich. Aber jeder weiß, dass Vanderstrass zu den erfolgreichsten Filmproduzenten Europas gehört. Kein großer Film, an dem er nicht beteiligt ist. Er ist ziemlich umstritten wegen seiner obskuren Geschäftspraktiken – oh, entschuldige, Valerie. Aber ...«

»Schon gut. Ich kenne meinen Vater besser als du. Und ich weiß, warum meine Mutter ihn vor sechs Jahren verlassen hat.«

»Verzeihung, das wusste ich nicht.«

»Ich sehe ihn jedes Jahr nur diese zwei Wochen, die wir hier Urlaub machen. Ansonsten schickt er zwar regelmäßig seinen Scheck an Mama, aber als Vater ist er absolut ungeeignet. Selbst hier hat er noch fast jeden Tag Besuch von irgendwelchen Geschäftspartnern. Gerade heute hat er seit dem Frühstück einen Verhandlungsmarathon mit einem anderen Produzentenguru.«

Simon schluckte: »Herzliches Beileid!«

»Keine Ursache. Ich glaube, länger als zwei Wochen am Stück könnte ich ihn ohnehin nicht verkraften, obwohl er mich mit Geschenken geradezu überhäuft.«

»Bestimmt ein schlechtes Gewissen«, folgerte Mira messerscharf.

Valerie nickte: »Aber jetzt wollen wir loslegen. Heute gehört die Piste uns!«

»Und wo bekomme ich ein solches Bügelbrett her?« Mira deutete auf Valeries neues Snowboard und erntete ein Lächeln.

Sie folgten Valerie zum Skishop in einem der Nebengebäude. Am Eingang klopften sie sich den Schnee von den Jacken, Simon öffnete die Tür und alle drei stapften in den winzigen Raum. Außer ihnen befanden sich noch zwei weitere Kunden hier.

Simon deutete auf einen Ständer. »He, Mira, da drüben sind die Leihboards. Komm ...«

Doch Mira beobachtete angestrengt die beiden Männer, die an der Theke standen und leise mit dem Angestellten verhandelten.

Mira deutete auf die Männer. Auch Simon kamen sie verdächtig vor. Beide trugen dunkle, offensichtlich sehr teure Anzüge und Krawatten. Außerdem Sonnenbrillen. Weder ihre Lederschuhe noch die viel zu leichten Kurzmäntel über ihren Anzügen waren dem Ort und der Wetterlage angepasst. Mira entging nicht die kleinste Kleinigkeit der hier gespielten Szene. Nicht der misstrauische Blick, der ihnen galt, nicht die Geheimniskrämerei und die Eile, die beide Männer an den Tag legten. Hastig verließen sie den Raum.

Mira schluckte. Bei einem der beiden hatte sie kurz einen Blick auf ein Schulterholster erhascht, in dem eine gefährlich aussehende großformatige Pistole steckte.

Als sich die Tür hinter den beiden schloss, wandte sich der Verkäufer sichtlich erleichtert an Mira, Simon und Valerie: »Wie darf ich euch behilflich sein?«

Mira überlegte nicht lange. »Sucht mir was Nettes aus. Ich bin gleich wieder da.« Bevor Simon etwas erwidern konnte, war Mira schon aus dem Shop gestürmt und sah sich nach den beiden Männern um.

Dort. Sie gingen gerade über die Terrasse ins Hotelfoyer. Mira flitzte hinterher. Drinnen herrschte eine angenehm warme, heimelige Atmosphäre. Große Leuchter unter der Decke sorgen für gedämpftes Licht. In einer Leseecke direkt neben dem Eingang saß ein älteres Ehepaar. An der Rezeption stand ein Gast, der ein Formular ausfüllte. Von den beiden Männern fehlte jede Spur.

Mira warf einen Blick auf die beiden Fahrstühle.

Dort, eine der Türen schloss sich gerade. Mira beobachtete, wie die Stockwerksanzeige sich bewegte. 1. Stock, 2. Stock, 3. Stock. Im 4. Stock blieb sie stehen. Mira drückte auf den Fahrstuhlknopf. Nervös wartete sie, bis sich endlich die Tür des zweiten Fahrstuhls öffnete.

Mira stürzte hinein. Gemächlich setzte sich der Fahrstuhl in Bewegung. Im 4. Stock ging die Türe auf. Mira trat auf den Flur hinaus. Und erlitt einen Schock.

Ein Gott im Toblertal

»Holger?« Mira machte vor Schreck einen Satz. »Was machst *du* denn hier?«

Holger lächelte breit. »Ich arbeite!«

Mira schüttelte den Kopf. Dann kniff sie kurz die Augen zu. Doch Holger war immer noch da.

»Ja, aber ...«

Holger lächelte: »Ich wollte eben in die Halle und mich nach deiner Adresse erkundigen ...«

Mira hielt einen Zeigefinger vor den Mund. »Später. Wie und warum auch immer du hierher gekommen bist, im Augenblick bin ich dienstlich unterwegs.«

Holgers Reporterinstinkte ließen sämtliche Alarmglocken schrillen. »Dienstlich? Heißt das, du hast einen Fall?«

»Weiß ich noch nicht. Das Einzige, was ich weiß, ist, dass hier im Tal verdammt merkwürdige Dinge geschehen. Hast du eben zwei verdächtig aussehende Typen mit Sonnenbrille und schwarzen Anzügen gesehen?«

Zu Miras Überraschung nickte Holger. »Klar. Die sind da vorne in Suite 412. Warum?«

»Mindestens einer der beiden trägt eine Kanone.«

»Klar.«

»Wieso *klar?*«

»Muss er, die gehört zu seinem Job.«

Mira ließ resigniert die Schultern sinken. »Also jetzt kapiere ich überhaupt nichts mehr.«

Holger fasste sie an der Schulter. »Ich habe einen Vorschlag. Wir gehen runter ins Café, trinken eine heiße Schokolade und erzählen einander ein paar Neuigkeiten.«

Mira nickte ergeben. »Aber vorher müssen wir Simon und Valerie Bescheid sagen.«

Die beiden stiegen in den Fahrstuhl.

»Valerie? Kenne ich die?«

»Du musst ja nicht jeden kennen.«

Holger knuffte Mira freundschaftlich. »So?«

Sie durchquerten das Foyer und betraten das hoteleigene Café. Holger suchte einen freien Tisch und bestellte vier Portionen Schokolade. Mira flitzte unterdessen zurück in den Skishop und lotste Simon und Valerie an den Tisch.

Mira übernahm die Vorstellung: »Simon kennst du ja. Und das ist Valerie. Eine, ähm, Freundin von Simon. – Valerie, das ist Holger.«

Holger lachte: »Die Welt ist klein.« Er zwinkerte Valerie zu.

»Ihr kennt euch?« Mira war irritiert.

Valerie erläuterte: »Er war heute bei meinem Daddy. Wir haben uns nur kurz gesehen.« Sie wandte sich an Holger. »Wie war Ihr Interview?«

»Zufrieden stellend. Dein Vater ist ja bekannt dafür, dass er kein einfacher Gesprächspartner ist.«

Valerie verdrehte die Augen. »Wem sagen Sie das?«

Miras Blick glitt zwischen Holger und Valerie hin und her. Alle schlürften an ihrer heißen Schokolade. Dann forderte sie Holger auf: »Also, jetzt erzähl mal.«

»Was?«

»Na, zum Beispiel, was das für Revolvermänner sind. Oder warum du hier bist.«

Holger nahm noch einen großen Schluck. Dann wischte er sich die Schokoladenspuren aus dem Schnauzer und lehnte sich zurück.

»Schön. Beides hängt zusammen. Also, fangen wir ganz vorne an. Hier im Hotel residiert heute und morgen Jonathan Myer.«

Mira nickte. »Und?«

»Na, Myer. Du weißt doch, wer das ist?«

»Nö!«

»Schöne Allgemeinbildung. Dabei hörst du jedes Mal, wenn du eine halbe Stunde dein Radio einschaltest, mindestens fünf Songs, die Myer produziert hat.«

»Ich habe kein Radio.«

»Dann eben im Fernsehen. Myer ist der weltweit bedeutendste Musikproduzent. Fast jeden Chartbreaker der letzten zehn Jahre hat er produziert. Der Mann hat so viele goldene Schallplatten, dass er sich seinen Privattennisplatz damit pflastern könnte. Er gilt als der Gott der Musikszene.«

»Schön! Und was hat dieser Mr Wichtig nun mit dir zu tun?«

»Wie schon gesagt, er weilt hier – und unser Musikredakteur hat dank verschlungener Kontakte in der Szene einen Interviewtermin bei ihm bekommen. Dabei weiß jeder, dass er als fürchterlich pressescheu gilt. Vorgestern hat sich mein Kollege beim Joggen den Meniskus ruiniert. Mit seinem Liegegips ist er nun zwei Wochen nicht reisefähig. Aber natürlich kann man so einen Termin unmöglich sausen lassen. Als ich hörte, wo das Interview stattfinden sollte, habe ich mich sofort aufgedrängt. Erstens wollte ich dich überraschen und zweitens wenigstens dienstlich drei Tage im Schnee verbringen.«

Mira nickte: »Freut mich echt, dass du da bist. Aber ich weiß noch immer nicht, was es mit den Männern in Schwarz auf sich hat.«

»Es sind Bodyguards.« Simon grinste Mira an.

»Woher weißt *du* denn das?«

»Ich habe den Verkäufer im Skishop gefragt. Und das war ja wohl effizienter als deine Verfolgungsjagd durchs ganze Hotel.«

Holger nickte: »Simon hat Recht. Die beiden gehören zu Myer. Der Mann ist steinreich. Seine Frau trägt mehr Schmuck am Hals als die Queen von England. Myer reist nie ohne seine Leibwächter. Die beiden waren wohl in seinem Auftrag unterwegs. Oder, Simon?«

»Stimmt. Sie haben für morgen eine Schlittenfahrt im Fackelschein gebucht und wollten von dem Angestellten vorher die genaue Route haben – aus Sicherheitsgründen.«

Mira seufzte: »Na, dann wäre *die* Sache wohl geklärt.«

»Gibt es noch eine andere?«

»Wahrscheinlich war das auch nur Einbildung. Ich bin einfach nicht ausgelastet.« Mira kratzte sich am Kopf. »Obwohl – wenigstens für dich, Holger, könnte eine nette Story dabei rausspringen.«

»Wieso?«

»Überleg doch mal. Der weltgrößte Musikproduzent wohnt zwei Tage Tür an Tür mit Europas größtem Filmmogul. Das ist bestimmt kein Zufall.«

Valerie nickte: »Dieser Myer ist doch der Mann, mit dem mein Vater heute verhandelt.«

Mira grinste triumphierend. »Die beiden haben bestimmt ein ganz großes Projekt an der Leine. Wäre das nicht ein schöner Aufhänger für dich?«

Holger hatte bereits seinen Stift gezückt und machte sich Notizen. »Danach werde ich Myer zumindest fragen.«

Simon schaute auf seine Uhr. »Also, ich will ja nicht drängeln, aber wenn wir noch Snowboarden wollen ...«

Holger winkte den Kellner herbei. »Zieht ruhig los! Das hier geht auf meine Spesenrechnung.«

Die drei standen auf und verabschiedeten sich.

»Wann sehen wir uns wieder?« Mira hätte sich gerne noch länger mit Holger unterhalten. »Wir gehen heute Abend wieder Eislaufen. Kommst du mit?«

»Ich kann nicht Eislaufen.«

»Neben der Eislaufbahn ist ein Glühweinstand.«

»Um wie viel Uhr?«

»Nach dem Abendessen, so gegen halb acht? Du kannst ja zusammen mit Valerie kommen.«

Holger bedauerte: »Ich habe um halb sieben mein Interview mit Myer. Das kann ein Weilchen dauern. Bei mir wird es sicher später. Aber ich komme – versprochen!«

Vor dem Hotel drückte Simon Mira ein Snowboard in die Hand: »Legen wir los.«

Die drei fuhren mit dem Sessellift. Der Ausblick war fantastisch – wenn das Schneetreiben für kurze Zeit nachließ und freie Sicht über das Tal ermöglichte. Oben angekommen, schnallten sie ihre Bretter an. Simon erklärte ihnen die Grundtechnik und fuhr dann eine saubere, lang gestreckte Kurve. Valerie, die schon gestern den ganzen Nachmittag üben konnte, fuhr hinterher. Die Kurve gelang ihr prima, mit dem Stopp haperte es allerdings. Sie kam nur wenige Zentimeter vor Simon zum Stillstand – und kippte dann seitwärts in den Schnee. Simon streckte ihr die Hand entgegen und half ihr auf.

»Jetzt du, Mira.«

Mira schluckte. Sie ließ das Board langsam loslaufen, doch viel zu schnell gewann sie an Tempo. Sie verlagerte das Gewicht zur Seite, doch das Board reagierte nicht – stattdessen plumpste sie seitwärts auf die Piste.

Simon lachte: »Du musst mit den Knien arbeiten. Drück sie nach außen.«

Mira rappelte sich hoch und probierte es ein zweites Mal. Wieder ließ sie das Board laufen und drückte dann beide Knie kräftig zur Seite. Tatsächlich – sie fuhr eine elegante, lange Kurve! Sofort drückte sie dagegen. Es war viel einfacher, als Mira gedacht hatte. Fast wie beim Skateboard. Mit gekonnter Leichtigkeit fuhr Mira in eleganten Kurven bergab.

Simon grinste: »Typisch Mira. Lernt Snowboarden in zwei Minuten.« Er zischte ihr hinterher, auch Valerie folgte.

In einem Rutsch düsten die drei über die fast menschenleere Piste ins Tal.

Knapp zwei Stunden und sieben Abfahrten später mussten sie Schluss machen. Sie gaben Miras Snowboard im Skishop ab, begleiteten Valerie noch ins Hotel-Foyer und beeilten sich, nach Hause zu kommen. Nestroy, der sich den Nachmittag über in der Umgebung des Hotels herumgetrieben hatte, schloss sich ihnen wieder an.

Wie am Abend zuvor fand sich fast die gesamte Schülerschar kurz nach dem Essen zusammen, um gemeinsam zur Eislaufbahn zu ziehen. Auch Amanda war dabei, wenngleich sie sorgsam Abstand zu Simon hielt.

Valerie wartete bereits. Holger tauchte eine halbe Stunde später auf. Mira entdeckte ihn am Glühweinstand. Er stand an der Theke und prostete ihr mit einem dampfenden Becher in der Hand zu.

Mira drehte ab und glitt direkt neben dem Stand an die Bande. Auch Simon und Valerie folgten ihr.

»Hey, Holger, wie war das Interview?«

»Heftig.«

»Wie meinst du das?«

»Der Mann hat seinen Ruf nicht zu Unrecht. Ich habe noch nie so ein frustrierendes Interview erlebt. Auf neun von zehn Fragen antwortete er eiskalt lächelnd mit ›kein Kommentar‹. Und als ich dann nach seinem Projekt mit Valeries Vater fragte, stand er kurzerhand auf und knallte die Tür hinter sich zu. Seine beiden Gorillas haben mich dann freundlich, aber bestimmt in Richtung Fahrstuhl abtransportiert.«

Holger nickte Valerie zu. »Dagegen ist dein alter Herr ein dufter Kumpel. Wenn Myer nicht der Gott der Musikszene wäre ...«

»Myer? Jonathan Myer?«

Amanda hatte wohl nicht widerstehen können. Auf einmal stand sie neben ihnen und sah Holger mit aufgerissenen Augen an.

»Richtig, eben dieser. Warum?«

Amanda griff sich mit theatralischer Geste an die Brust. »Mein Gott, Jonathan Myer, der wichtigste

Talentsucher der Musikwelt, hier im Toblertal! Wenn das keine Fügung des Schicksals ist ...«

Simon und Mira wechselten einen Blick. Simon wandte sich an Amanda. »Fügung des Schicksals?«

»Das kann doch kein Zufall sein: Jonathan Myer und ich zur gleichen Zeit an diesem Ort! Er muss mich entdecken. Er wird mich entdecken!«

»Dich?« Mira riss ungläubig die Augen auf.

»Natürlich. Ich wusste, dass mein Talent eines Tages gewürdigt würde.« Amanda drehte sich um. »Ich muss sofort ins Hotel ...«

Sie hielt inne. Auch Mira hörte es. Ein leises, tiefes Rumpeln war zu hören. Rasend schnell wurde es lauter. Das fröhliche Treiben auf der Eisbahn verstummte schlagartig. Das Rumpeln war inzwischen zu einem lauten, tiefen Donnergrollen geworden. Unmöglich zu sagen, aus welcher Richtung es kam.

Mira starrte angestrengt in die Dunkelheit. Die Erde bebte. Das Donnern war nun so laut, dass es alles andere übertönte. Die Erde schien förmlich zu beben. Einige der Eisläufer fielen zu Boden. Andere begannen laut zu schreien. Holger rief: »Was ist das? Ein Erdbeben?«

Fast ebenso schnell, wie die unheimliche Erscheinung begonnen hatte, ebbte sie wieder ab. Sekunden später war nur noch ein leises Rumpeln zu hören. Die Erde kam wieder zur Ruhe. Simon sah Mira an: »Ein Erdbeben?«

Der Verkäufer am Glühweinstand kam Mira mit seiner Antwort zuvor: »Eine Lawine. Und so wie es klang, ist sie am Talausgang niedergegangen!«

Abgeschnitten

Mira fixierte Holger mit jenem durchdringenden Blick, den er nur zu gut kannte.

»Was ist los, Mira? Weißt du etwas, was ich nicht weiß?«

Mira schüttelte den Kopf und wandte sich an den Verkäufer hinter der Theke des Glühweinstandes: »Kommt so etwas öfter vor?«

»Mindestens ein Dutzend Mal im Winter. Obwohl, – um diese Jahreszeit? ...«

In diesem Augenblick erlosch die Beleuchtung der Eisbahn. Es wurde stockdunkel. Nur die wenigen Fackeln, die um den Glühweinstand herum im Schnee steckten, sorgten für eine gespenstische Beleuchtung.

»Stromausfall!«, knurrte der Verkäufer. »Auch das noch.«

»Passiert das auch öfter?«

»Eigentlich nicht, aber wenn die Lawine am Pass niedergegangen ist, dann kann sie auch die Stromleitung erwischt haben. Der Talausgang ist so eng, dass die Leitung an jener Stelle zu nahe am Hang verlegt werden musste. Hat mal jemand eine Taschenlampe?«

Holger und Mira griffen gleichzeitig in ihre Jackentaschen und förderten dieselbe Ausgabe einer kleinen, schwarzen Mag-Lite zu Tage. Simon fragte überrascht: »Zufall?«

»Nö, Erfahrung! Die gehört zur minimalen Standardausrüstung erfolgreicher Detektive. Stimmt's, Holger?«

Mit einem Nicken reichte er dem Verkäufer seine Taschenlampe. Dieser suchte unter der Theke nach weiteren Fackeln und packte sie auf den Tisch. Schnell hatten die Umstehenden die Fackeln entzündet, sodass der Bereich rund um den Stand zwar provisorisch, aber sehr romantisch beleuchtet wurde. Die Eisläufer drängten jetzt zum Licht – und binnen fünf Minuten war der Glühwein ausverkauft. Nachschub war nicht in Sicht, denn ohne Strom ging auch keine der kleinen elektrischen Herdplatten, mit denen der Glühwein auf Temperatur gehalten wurde.

Mira hatte noch eine Frage: »Und wie lange kann das dauern? Ich meine den Stromausfall.«

»Keine Ahnung. Das letzte Mal vor vier Jahren dauerte es drei Tage.«

»Na, prima.« Holger folgerte daraus: »Dann kann ich auch gleich abreisen, statt hier noch zwei Tage bei Kerzenschein herumzuhängen.«

Mira staunte: »Aber warum denn? Hast du keine romantische Ader?«

Der Verkäufer räusperte sich. »Romantisch oder nicht. Wenn die Lawine da heruntergekommen ist, wo ich vermute, wird die nächsten zwei Tage niemand dieses Tal verlassen, es sei denn, er besitzt einen Helikopter.«

Holger sah ihn bestürzt an: »Sie meinen ...«

»Richtig. In diesem Fall wäre der einzige Zugang zum Tal verschüttet. Und bis der freigeräumt ist, wird es ein Weilchen dauern.«

»Tja, dann werde ich wohl mal zum Hotel gehen und herausfinden, ob diese Hiobsbotschaft wahr ist oder ob die Lawine vielleicht ganz woanders abgegangen ist. Kommst du mit, Valerie?«

Valerie kam mit. Die alles umschließende Dunkelheit verlockte nicht gerade dazu, alleine durch die Gegend zu spazieren. Holger schnappte sich eine der Fackeln, steckte seine Taschenlampe wieder ein, verabschiedete sich von Simon und Mira und machte sich auf den Weg.

Auch die Schülergruppe fand sich zusammen und machte sich mit Miras Taschenlampe und einigen Fackeln auf den Rückweg.

Herbergsvater Grantl und Frau Bloomsdorf empfingen die Gruppe mit großer Erleichterung. Sie hatten zusammen mit den Daheimgebliebenen zahlreiche Kerzen im Landschulheim verteilt und so für genügend Licht und eine heimelige Atmosphäre gesorgt. Grantl, der als Alteingesessener natürlich über blendende Informationsquellen verfügte, wusste bereits definitiv, dass die Lawine den Pass verschüttet hatte. Zwei Strommasten waren umgeknickt und sämtliche Leitungskabel abgerissen.

Alle Hausbewohner versammelten sich aufgeregt im Speisesaal um den uralten Kachelofen. Da mangels Strom auch die Zentralheizung ausgefallen war, hatte Grantl rasch den Ofen eingeheizt. Jetzt breitete sich dort eine wohlige Wärme aus – der Rest des Hauses war empfindlich kalt.

Grantl hatte auf dem Gaskocher in der Küche einen großen Topf Kräutertee erwärmt und drei Flaschen Apfelsaft zugegeben. Nun erzählte er bei alkoholfreiem Punsch Haarsträubendes aus der Geschichte des Toblertals.

Grantl war ein guter Erzähler – und er kannte mehr Geschichten als die Gebrüder Grimm. Die Schüler unterhielten sich bestens und es war fast elf, als der Herbergsvater alle ins Bett schickte. Er ordnete an, dass sämtliche Türen geöffnet blieben, sodass die Wärme des Kachelofens auch noch bis in die entlegensten Winkel des Hauses reichte – ein bisschen wenigstens.

Mira gähnte. Der Tag war anstrengend gewesen. Nestroy strich um ihre Füße und maunzte kläglich. Miras Blick streifte die Uhr. »Alles klar, Alter. Komm, ich lass dich raus.«

Mira drückte die Haupttüre von innen auf und gab Nestroy die Gelegenheit, hinaus in den Schnee zu huschen. Hinter ihr suchten die Letzten laut schwatzend den Weg in ihre kalten Betten.

»Gute Nacht, Mira.« Simon stand neben ihr. Mira drehte sich um und nickte: »Nacht, Simon.«

Simon trat nervös von einem Bein aufs andere. »Du, Mira?«

»Mmmh?«

»Sag mal, du ... ich meine ... du bist doch nicht ... bist du eifersüchtig auf Valerie?«

Mira atmete tief durch. »Ich? Wie kommst du denn darauf?«

Simon wirkte sichtlich erleichtert. »Ich weiß auch nicht. Aber jetzt bin ich beruhigt.«

Im Weggehen hielt er noch einmal inne: »Du bist eben doch ein echter Kumpel.«

Mira nickte. Sie blickte Simon nach, wie er den vom Kerzenschein nur spärlich erleuchteten Flur entlang ging und um die Ecke bog. Ein tiefer Seufzer entfuhr ihr. Warum hatte sie Simon nicht reinen Wein eingeschenkt? Warum ließ sie ihn in dem Glauben, sie wollte nur sein *Kumpel* sein? Warum war er so blind? Warum war sie so blöd?

Mira fuhr herum. Aus dem Augenwinkel hatte sie draußen im Schneetreiben eine Bewegung wahrgenommen. Dort, ein Schatten löste sich langsam aus der Dunkelheit und schlurfte über den Hof auf die Eingangstüre zu.

Nestroy kam plötzlich durch den Türspalt geflitzt. Er versteckte sich einige Meter im Ganginneren hinter einer kleinen Kommode.

Mira fuhr herum. Der Schatten war nur noch wenige Meter von der Haustür entfernt. Mira griff an die Türklinke, um diese mit Schwung zuzudonnern.

»Halt, Mira. Warte!«

»Holger? Was machst du denn hier? Warum bist du nicht im Hotel?«

Holger schlüpfte durch die Tür. Im Hausflur klopfte er sich den Schnee von Mütze und Jacke und lehnte sich erschöpft gegen die Kommode. Mira betrachtete ihn.

»Gibt es ein Problem?«

»Problem? Das reinste Chaos! Die Lawine hat tatsächlich den Taleingang verschüttet.«

»Weiß ich.«

»So? Na ja. Was du aber bestimmt nicht weißt: Den totalen Stromausfall haben Gangster dazu benutzt, um den Hotelsafe im *St. Perrier* zu räumen.«

Mira pfiff leise durch die Zähne: »Wow! Das kann kein Zufall sein. Haben sie viel erbeutet?«

»Offensichtlich eine Menge Bargeld und Schmuck

von Hotelgästen. Darunter den gesamten Schmuck von Belinda Myer, der Frau des Musikmoguls.«

»Viel wert?«

»Millionen!«

»Und von den Safeknackern fehlt jede Spur?«

Holger nickte.

»Na, freu dich!«

»Freuen? Ich? Wieso?«

»Nun, erstens haben wir endlich mal wieder einen handfesten Fall und zweitens hast du eine Exklusiv-Story, die dich mit einem Schlag berühmt machen wird. Ich sehe schon die Schlagzeile vor mir: *Redakteur entlarvt mit Schülerin die Tresorknacker vom Toblertal!*«

Holger stöhnte: »Von wegen! Mag ja sein, dass das eine Traumstory wäre...«

»Es ist eine Traumstory!«

»Also gut, es ist eine Traumstory. Aber niemand wird sie lesen. Sämtliche Telefonleitungen sind nämlich ebenfalls unterbrochen.«

Mira lächelte Holger an, als habe sie es mit einem Schwachsinnigen zu tun. »Holger. Wozu hast du ein Handy?«

»Witzbold. Hier im Toblertal bekommst du schlichtweg keine Verbindung. Wir sind hier so perfekt von der Außenwelt abgeschnitten, als säßen wir auf dem Mond. Und bei dem Schneetreiben da draußen kann nicht einmal ein Helikopter landen. Wir sind weg vom Fenster. So lange, bis der Pass geräumt ist. Und das kann Tage dauern.«

Mira dachte nach.

»Was ist, Mira? Du bist so still?«

»Ich denke. Spontan, das heißt ohne jede Beweisermittlung, würde ich sagen, die Sache ist von Profis veranstaltet worden. Wir sind absolut hundertprozentig von der Außenwelt abgeschnitten. Hier kommt tagelang keine Maus raus. Der Stromausfall war Teil eines Planes. Die Jungs sind cool, professionell und unverschämt.«

Holger nickte.

»Aber sie haben zwei Dinge nicht berücksichtigt. Und das wird ihnen das Genick brechen.«

Holgers Blick verriet seinen Unglauben.

»Sie haben nicht damit gerechnet, dass wir beide uns hier aufhalten. Und sie haben keine Ahnung, wen wir schon alles zur Strecke gebracht haben.«

»Stimmt schon. Aber das waren irgendwie viel harmlosere Fälle ...«

»Harmlos? Holger, ich bitte dich!«

»Also schön. Aber du hast von zwei Fehlern gesprochen.«

»Ich habe nicht *Fehler* gesagt, sondern *Dinge, die sie nicht berücksichtigt haben.*«

Holger drängte: »Na schön. Was also ist das Zweite?«

»Sie haben das ganze Tal für ein bis zwei Tage völlig isoliert. Keine Kripo kann hier antanzen und ermitteln. Richtig?«

»Richtig! Und?«

»Das heißt aber auch, dass die Gangster ebenfalls hier festsitzen, bis der Pass wieder offen ist. Sie haben keine Chance, vorher zu entkommen.«

Holger lächelte. »Wir müssen sie nur erwischen ...«

Mira schnappte ihre Jacke von der Garderobe und ging zur Türe.

»Richtig. Also lass uns damit anfangen. Wir haben keine Zeit zu verlieren. Oder, wie Lessing sagen würde: *Geschwind entschließ dich, was nunmehr zu tun!*«

... Kommissar M.

»Puh, ist das eine Suppe.« Mira blinzelte in das dichte Schneetreiben. In Sekundenschnelle war ihre Jacke von dichten, feuchten Schneeflocken bedeckt. »Nestroy, du bleibst besser hier!« Mira drehte sich um. Nestroy fläzte sich gemütlich unter die Kommode im Flur und machte nicht die geringsten Anstalten, das schützende Haus zu verlassen.

»Hätte ich mir ja auch denken können«, seufzte Mira.

Holger und Mira stapften durch den Schnee. Nur mühsam fanden sie ihren Weg. Der Strahl ihrer Taschenlampen wurde im dichten Schneetreiben so sehr gestreut, dass er lediglich blendete, ihnen aber keine Hilfe bot. Also steckten sie die Lampen in ihre Taschen zurück. Sie brauchten für die kurze Strecke zum Hotel dreimal so lange wie sonst und sie hätten es beinahe verfehlt, weil es nur durch einige wenige Kerzen in den Fenstern erhellt wurde. Die beiden stapften ins Foyer und klopften sich dort gegenseitig den Schnee von den Jacken, die inzwischen völlig durchgeweicht waren. An der Rezeption stand ein Kandelaber, dessen Kerzenlicht das Gesicht des Empfangschefs gespenstisch beleuchtete.

»Hier sieht's aus wie in einem billigen Gruselfilm.«

Holger nickte. »Hast du schon eine Idee, wie wir die Sache hier angehen können?«

»Dutzende!«

»Ach. Und welche davon setzen wir um?«

»Alle!«

Holger knurrte: »Es wäre nett, wenn du mich ein klein wenig in deine Gedankengänge einweihen würdest. Ich bin zwar nur ein kleiner Lokaljournalist, aber immerhin ...«

»Schon gut. Werd nicht gleich bissig. Von wem hast du erfahren, dass der Tresor geknackt wurde?«

»Das ging im Hotel rum wie ein Lauffeuer. Ich glaube, innerhalb von einer halben Stunde wusste es jeder, der nicht schlief. Ich habe dann den Sicherheitschef des Hotels ...«

»Wie heißt der?«

»Grantl.«

»Hätte ich mir denken können. In diesem Kaff heißt wahrscheinlich jeder Zweite Grantl.«

»Ich habe also den Sicherheitschef aufgesucht, ihm meinen Presseausweis unter die Nase gehalten und ihn ausgequetscht.«

»Lass mich raten: Er war nicht sehr gesprächig.«

»Stimmt! Woher weißt du das?«

»Sicherheitschefs werden nicht dafür bezahlt, Presseinterviews zu geben.«

»Dennoch brauchen wir ihn. Wenn er nicht mitspielt, kommen wir nicht weiter. Also ...«

Mira spazierte geradewegs an die Rezeption. Sie lächelte den Empfangschef freundlich an.

»Was kann ich für dich tun, meine Kleine? Wolldecken haben wir leider keine mehr. Die sind schon alle unter den Gästen verteilt.«

Mira schüttelte den Kopf. »Ich möchte zu Herrn Grantl.«

»Zu welchem? Wir haben hier einen Grantl in der Küche, zwei im Café – oder meinst du den Skilehrer?«

»Ich meine den Sicherheitschef.«

»Oh, ich fürchte, der ist gerade sehr beschäftigt.«

Mira schwieg. Sie fixierte den Empfangschef und trommelte mit den Fingern ihrer rechten Hand auf die Theke. Im ansonsten stillen Foyer gab dies einen gespenstischen Ton.

»Worum geht es denn?«

Mira trommelte weiter.

»Also schön. Ich glaube, er ist im Generatorhaus.«

»Und wo ist das?«

»Den Gang entlang, die Treppe runter und dann quer über den Hinterhof. Es ist das kleine, einstöckige Gebäude neben der Hofeinfahrt.«

»Verbindlichsten Dank, Herr ... – wie war noch gleich der Name? Grantl?«

»Schlimpf.«

»Auch gut. Also dann ...«

Mira schaltete ihre Taschenlampe ein und ging voraus. Holger folgte ihr.

»Was kicherst du so, Holger?«

»Die Szene eben war zu komisch. Es ist immer wieder erstaunlich, wie unverschämt du dich durchschlawinerst.«

»Hast du damit Probleme?«

»Ich? Nie! Mir wurde nur eben bewusst, was ich die letzten Tage so vermisst habe.«

Die beiden waren an der Hintertüre angekommen und zogen sich erneut die nassen Mützen ins Gesicht, bevor sie ins Schneetreiben hinaustraten. Sie sahen das

Generatorhaus sofort. Es war von mehreren Petroleumlampen hell erleuchtet.

Mira öffnete die Tür, ohne anzuklopfen. Drinnen schraubten zwei Männer in blauen Arbeitsanzügen an einem riesigen, motorenähnlichen Gebilde herum. Ein dritter, hünenhafter Typ saß an einem kleinen Tischchen, rauchte und blätterte in einem Notizblock. Alle drei schauten Mira und Holger verwundert an. Der Mann am Tisch klappte rasch seinen Notizblock zu und fixierte Holger: »Grünberg. Sie schon wieder! Ich habe Ihnen doch gesagt, dass ich Ihnen keine weiteren Informationen geben kann.«

Holger lächelte entwaffnend. »Aber Herr Grantl. Deshalb sind wir gar nicht hier.«

»So? Weswegen dann?«

»Um Ihnen zu helfen.«

Grantl riss den Mund auf. Erst kam kein einziger Laut heraus, dann wandte er sich nach hinten über die Schulter zu seinen beiden Kollegen: »Habt ihr das gehört? Helfen!«

Ein dröhnendes Lachen entfuhr Grantls Kehle. »Helfen. Ha! Ein Schreiberling und ein kleines Mädchen. Danke. Auf diese Hilfe kann ich verzichten.«

Holger sah Mira betroffen an und hob resignierend die Hände. Mira schob ihn etwas beiseite: »Lass mich mal.«

Sie sprach betont langsam und deutlich. »Herr Grantl, ich schätze, in Ihrer Situation können Sie jede Hilfe gebrauchen. Bei den Gangstern haben Sie es mit Profis zu tun.«

Grantl starrte das Mädchen kopfschüttelnd an. »Du meinst es wohl ernst?«

»So ernst wie die Gangster, die ihr Notstromaggregat ausgeknipst haben.«

Grantls Stirn legte sich in Falten. »Woher weißt du das?«

Mira grinste. Holger grinste. Mira tippte sich an die Stirn.

»Das haben mir meine kleinen grauen Zellen gesagt.«

»Wie?«

»Ganz einfach. Es gibt ein Generatorhaus für das Hotel, wie uns Ihr Empfangschef sagte. Dennoch gibt es keinen Strom. Also funktioniert das Teil nicht. Weiter kam der Stromausfall hier im Hotel den Tresorknackern offensichtlich ganz gelegen. Gehen wir außerdem davon aus, dass die Lawine nicht ganz natürlich entstanden ist, dann liegt es nahe, dass die Gangster auch so professionell waren, den Generator außer Betrieb zu setzen.«

Grantl dachte nach. Dann nickte er. »Nicht schlecht. Wie heißt dein Vater? Sherlock Holmes?«

»So ähnlich.«

»Trotzdem. Du kombinierst ein wenig wild drauflos. Wahrscheinlich hast du zu viele Krimis gelesen. Ich war selbst jahrelang bei der Polizei. So einfach geht das nicht. Zum Beispiel gibt es nicht das geringste Indiz dafür, dass die Lawine absichtlich ausgelöst wurde.«

Mira lächelte: »Nun, sagen wir mal, es ist wahrscheinlich ...«

»Pah! Mit Wahrscheinlichkeiten fängt man keine Diebe. Und wenn die Lawine nun zufällig abging und die Strommasten umknickte?«

Mira steckte die Hände in die Taschen. »Wäre es wirklich so gewesen, dann hätte das Licht im Tal unmittelbar beim Donnern der Lawine ausgehen müssen.«

Grantl beugte sich vor. »Aber?«

»Aber es ging über drei Minuten später aus. Die Lawine kann gar nicht die Ursache für den Stromausfall gewesen sein. Also: Da hat jemand nachgeholfen.«

Grantl beobachtete Mira angestrengt, aber er antwortete nicht. Mira nickte ihm ernst zu. Sie hatte ihr ganzes Pulver verschossen. Entweder er biss jetzt an oder sie waren draußen.

»Also gut. Komm, Mira. Der Mann ist als Sicherheitschef eine glatte Fehlbesetzung. Lass uns zum Hoteldirektor gehen.«

Mira fuhr herum und funkelte Holger an.

Doch dann seufzte Grantl. »Also schön. Du scheinst wirklich nicht auf den Kopf gefallen zu sein.«

Mira blieb skeptisch: »Heißt das, wir arbeiten zusammen?«

Grantl nickte: »Dieser Fall ist überaus verworren. Wir haben nicht die geringste Spur von den Tresorknackern. Und spätestens übermorgen ist das Tal wieder offen – und die Räuber über alle Berge. Du hattest Recht, wir können wirklich jede Hilfe gebrauchen. – Selbst wenn es sich um ein vorlautes Mädchen und einen Zeitungsjournalisten handelt.«

Holger setzte zu einer Erwiderung an, doch Grantl streckte ihm seine riesige Pranke entgegen: »Willkommen im Team!«

Holger und Mira schlugen ein. Dann sah Mira auf ihre Armbanduhr. »Schön. Und was haben Sie jetzt vor?«

Grantl wies über die Schulter auf den Generator. »Zunächst einmal machen wir das Ding hier wieder flott, damit unsere Gäste nicht erfrieren.«

»Wie lange wird das dauern?«, wollte Holger wissen.

»Keine Ahnung. Ein paar Stunden sicher noch.«

Mira hatte einen Vorschlag: »Wir sollten sämtliche Gäste befragen. Und wir sollten herausbekommen, wann der Tresor genau geknackt wurde.«

Holger sah Mira fragend an. Auch Grantl war irritiert: »Warum?«

»Ganz einfach: Vielleicht war die ganze Sache ja nur ein Ablenkungsmanöver und die Kerle sind getürmt, bevor sie die Lawine ausgelöst haben.«

Grantl erbleichte. »Mein Gott.«

Mira lächelte: »Allerdings halte ich das ...«, sie zwinkerte Grantl zu, »... für eher unwahrscheinlich. Denn dann hätten sie sich kaum die Mühe gemacht, noch extra die Stromleitung zu kappen und den Generator stillzulegen.«

Grantl atmete hörbar auf. »Stimmt. Trotzdem sollten wir es überprüfen. Du hast schon wieder Recht. Die Gäste können wir allerdings erst morgen früh befragen. Jetzt schlafen die meisten von ihnen.«

Mira murrte: »Wir verlieren wertvolle Zeit.« Doch auch Holger war Grantls Meinung. »Wenn wir die Gäste jetzt aus den Federn holen, bekommen wir mehr Ärger als Informationen.«

»Also schön. Aber bis dahin können wir zumindest schon mal die Gästeliste prüfen. Mein Instinkt sagt mir, dass wir zumindest einen Teil der Bande hier im Hotel finden werden ...«

Grantl stand auf und knöpfte seine Jacke zu. »Gut, ich komme mit zur Rezeption. Dort liegt die Gästeliste. Schlafen kann ich jetzt ohnehin nicht und hier können wir auch nicht helfen. Also wollen wir sehen, was wir in der Gästeliste finden.«

»Der Blick des Forschers fand
Nicht selten mehr,
Als er zu finden wünschte.«

Grantl starrte Mira an. Die lächelte: »Lessing.«

Stumm nickte Grantl, offensichtlich noch verwirrter als zuvor. Sein fragender Blick blieb an Holger hängen. Der zog den Reißverschluss seiner Jacke nach oben und antwortete scheinbar nebenbei: »Das geht vorüber. Versprochen!«

Verwehte Spuren

Holger und Mira folgten Grantl zurück ins Foyer. Dort bedeutete Grantl seinen beiden Begleitern, vor der Rezeption zu warten, und verschwand mit dem Empfangschef in dem kleinen Raum dahinter.

Holger und Mira hörten gedämpfte Stimmen. Zwar konnten sie kein Wort verstehen, doch der Tonfall war eindeutig hektisch und aggressiv.

»Warum dauert das so lange?« Holger wurde ungeduldig.

Mira griff zum aufgeschlagenen Gästebuch hinter der Theke und drehte es um. »Mmmh, interessant.«

Im selben Moment öffnete sich die Türe und die beiden Männer kamen heraus. Grantl räusperte sich. »Es gibt ein Problem. Die genaue Liste ist im Computer.«

Der Empfangschef ergänzte: »Und der liegt leider lahm, mangels Strom.«

Miras Blick wanderte zwischen den beiden Männern hin und her. Beide hatten noch rote Köpfe. Offensichtlich hatten sie gestritten. Mira klappte das Gästebuch zu und hielt es in die Höhe: »Kein Problem. Wir haben ja das hier. Steht alles drin: Name, Zimmernummer, Geburtsdatum, Wohnort. Zwar nicht so schön nach Zimmern und Stockwerken geordnet, dafür aber nach der Anreise. Für unsere Zwecke dürfte das genügen.«

Der Empfangschef blinzelte kurz. Er stotterte: »Aber ... aber ... das ... geht doch nicht. Ich brauche das Buch!«

»Jetzt? Mitten in der Nacht? Wir setzen uns da rüber.« Mira deutete auf die Leseecke neben dem Eingang. »Und sobald wir durch sind, können Sie es wieder haben.«

Der Empfangschef ließ sie gewähren, wenn auch nur widerstrebend. Mira und Holger nahmen Platz. Grantl holte eine Petroleumleuchte und bald saßen die drei an einem der kleinen Tische und studierten aufmerksam die Eintragungen.

Mira seufzte: »Außer Vanderstrass kenne ich nicht einen der Namen.«

Holger lehnte sich zurück. »Also Fehlanzeige.«

Da sprang Mira auf, schnappte sich das Gästebuch und hielt es ganz dicht an die Petroleumlampe.

»Was ist? Hast du was entdeckt?«

»Nein, das heißt, ja. Aber das was wir brauchen, ist nicht mehr hier drin.«

Holger und Grantl zuckten merklich zusammen. Der Sicherheitschef fragte: »Warum sprichst du in solchen Rätseln? Was steht da drin?«

»Was *stand* da drin, wäre die richtige Frage. Hier. Jemand hat eine Seite herausgerissen.«

»Quatsch!«

»Kein Quatsch. Da sind winzige Reste im Falz. Dieser Jemand hat sich zwar sichtlich Mühe gegeben, auch noch den kleinsten Seitenrest herauszufummeln, aber etwas bleibt immer übrig.«

Nun überflog Mira noch einmal die handgeschriebenen Seiten. »Komisch! Fast jeden Tag reisen hier etwa ein Dutzend Gäste an. Glaubt man dem Gästebuch, so sind vorgestern gar keine und gestern nur zwei angekommen. Ich sage euch, da fehlt eine Seite. Es fehlen die Gäste, die vorgestern und gestern angereist sind.«

»Zufall?« Holger schaute sie fragend an.

Mira schüttelte den Kopf – und gähnte. »Fragen wir doch diesen Schlimpf. Als Empfangschef weiß er vielleicht etwas.«

Alle drei standen auf und liefen zur Rezeption –, wo ihnen der Empfangschef mit abweisender Miene entgegensah. Mira knallte das Gästebuch auf den Tisch.

»Hier fehlt eine Seite.«

»Unmöglich!«

»Schauen Sie doch selber ...«

»Unmöglich!«

Mira drehte sich resigniert zu Holger und Grantl um. Letzterer trat vor: »Das Mädchen hat Recht, Gustav. Irgendjemand muss die Seite entfernt haben. Es behauptet ja niemand, dass du es warst.«

Schlimpf zögerte kurz, dann schlug er das Gästebuch auf.

»Sehen Sie? Fast die kompletten Eintragungen für gestern und vorgestern fehlen«, sagte Mira.

»Mmmh. Merkwürdig.« Schlimpf kratzte sich nachdenklich am Hinterkopf.

»Na?«

Abrupt klappte Schlimpf das Buch zu. Alle zuckten bei dem lauten Geräusch unwillkürlich zusammen.

»Tatsächlich. Jemand muss hier eine Seite entfernt haben. Es ist mir ein Rätsel, wann das geschehen sein soll.«

»Sie waren es nicht zufällig?«

Schlimpfs Gesicht verdüsterte sich. »Was soll das heißen? Verdächtigst du mich?«

»Jeder ist verdächtig.«

»Was bildest du dir eigentlich ein, du freche Göre?« Schlimpf lief rot an. Er beugte sich über die Theke und packte Mira am Kragen ihrer Jacke.

Grantl hielt den Empfangschef zurück. »Gustav, bleib ruhig. Die Kleine hat es nicht so gemeint.«

Doch Schlimpf machte keine Anstalten, Mira loszulassen.

»Gustav!«

»Sie soll sich entschuldigen! Das kleine Biest soll sich entschuldigen! Ich lasse mir das nicht in die Schuhe schieben ...«

»Gustav, lass sie los.«

»Sie soll sich entschuldigen!«

Grantl wandte sich an Mira. »Er lässt dich jetzt los und du entschuldigst dich. Okay?«

Mira, die mittlerweile nur noch auf Zehenspitzen stand, stieß ein paar röchelnde Laute aus, die Grantl als Zustimmung interpretierte.

»Da hörst du es. Es ist okay. Du kannst sie loslassen.«

Langsam öffnete Schlimpf seine Faust. Mira holte tief Luft.

Schlimpf fixierte Mira böse. Doch die ignorierte ihn und wandte sich an Grantl: »Unser Mann ist also gestern oder vorgestern hier angereist. Das schränkt die Zahl der Verdächtigen doch schon auf höchstens zwanzig ein. Diese Namen herauszufinden, wäre ein gewaltiger Fortschritt.«

Grantl dachte nach: »Sobald wir wieder Strom haben, können wir das klären.«

Mira gähnte zum wiederholten Mal. »Wie groß ist die Chance, dass wir morgen wieder Strom haben?«

Grantl zögerte: »Vielleicht nicht zum Frühstück. Aber im Laufe des Tages müsste es hinhauen.«

»Gut. Doch bevor wir nun alle vor Müdigkeit umkippen, würde ich vorschlagen ...«

Holger strahlte: »... dass wir ins Bett gehen?«

»Ich meinte eigentlich, dass wir uns noch den Tresor anschauen.«

Holger nickte: »Na schön, es muss wohl sein. Herr Grantl, wo steht denn das Gerät?«

»Kommen Sie mit.«

Grantl führte sie ein Stockwerk tiefer. Dort schloss er eine Tür auf, geleitete sie durch einen schmalen, kurzen Flur, von dem mehrere offene Räume abgingen, die offensichtlich als Materiallager genutzt wurden. Am Ende des Flurs hielt er vor einer Stahltür, die mit einem schweren Schloss gesichert war. Grantl nahm einen Sicherheitsschlüssel aus der Tasche, öffnete die Stahltür und winkte seine Begleiter in einen kleinen Raum. Hier stand ein frei stehender großer Tresor.

Er war verschlossen. Mira schaute ihn sich von allen Seiten genau an: »Es ist ein 84er R.O.M. Spezial.«

Holger staunte: »Du kennst dich aber aus!«

»Ich kann lesen! Steht auf der Rückseite.«

Sie wandte sich an Grantl. »Wie fanden Sie den Raum hier vor?«

»Die Türe stand auf, der Tresor auch und der Inhalt war komplett ausgeräumt.«

»Irgendwelche Anzeichen von Gewaltanwendung?«

Grantl schüttelte den Kopf.

Holger räusperte sich: »Wer hatte denn einen Schlüssel für den Tresor?«

»Nur der Hoteldirektor und der Empfangschef.«

»Und Sie«, ergänzte Mira.

»Theoretisch. Ich habe für jede Tür im Hotel einen Schlüssel.«

»Aber?«

»Ich hatte nachmittags ein Gespräch mit unserem Direktor – und den Schlüsselbund für den Tresor und diesen Raum versehentlich dort liegen lassen.«

»Und wann wieder zurückbekommen?«

»Erst später in der Nacht, nachdem der Raub entdeckt worden war. Mir fiel es wieder ein und dann bin ich mit dem Direktor in sein Büro und habe den Schlüssel geholt.«

»Was war denn eigentlich im Tresor?«, wollte Holger wissen.

»Alles, was Gäste uns so zum Aufbewahren anvertrauen: Bargeld, Schmuck, Schecks, Dokumente, Ausweise, Papiere ...«

Holger wandte sich an Mira: »Und, hast du irgendwelche Ideen?«

Mira schüttelte den Kopf. »Fragen, nur Fragen. Eine ganze Menge davon sogar.« Mira gähnte wieder, lange und laut.

Grantl fragte erwartungsvoll: »Und, zum Beispiel?«

»Zum Beispiel: Wo hatten die Diebe den Schlüssel her? Warum haben sie alles aus dem Tresor mitgenommen, auch die Papiere und Dokumente, die nichts wert sind? Wenn sie einen Schlüssel hatten – und alles weist darauf hin –, warum haben sie dann nicht wenigstens die Türe zum Raum wieder abgeschlossen, um die Tat länger zu verbergen?«

Grantl nickte: »Gute Fragen!«

Mira gähnte wieder. Der Blick auf ihre Armbanduhr verriet, dass es fast zwei Uhr war. »Ich schlage vor, dass wir alle eine Mütze voll Schlaf nehmen und morgen früh weitermachen.«

Holger und Grantl waren sofort einverstanden. Das Einzelzimmer neben Holger war frei und Grantl wies den murrenden Empfangschef an, Mira den Schlüssel auszuhändigen.

Eine Viertelstunde später lag Mira unter ihrer Bettdecke. Da es empfindlich kalt war, machte sie sich gar nicht erst die Mühe, sich auszuziehen. Stattdessen packte sie sich mit Anorak in ihre beiden Decken.

Als Mira erwachte, begann es draußen bereits hell zu werden. Sie schwitzte. Rasch strampelte sie die beiden Wolldecken weg, zog den Reißverschluss ihres Anoraks auf und atmete tief durch. Sie warf einen Blick auf den Radiowecker auf ihrem Nachtischchen. Er zeigte keine Uhrzeit an, sondern blinkte. Mira stöhnte. Klar, Stromausfall. Stromausfall? Mira starrte auf den Wecker. Aber weshalb blinkte er, wenn es keinen Strom gab?

Mira knipste die Nachttischlampe an – ihr Schein erhellte das Zimmer. Der Strom war wieder da! Endlich kamen sie an die Gästedaten heran. Sie konnten loslegen!

Mira sprang auf, rannte aus dem Zimmer und klopfte an Holgers Türe. Doch niemand öffnete.

Mira drehte sich um und wollte gerade wieder in ihr Zimmer zurück, als sich am anderen Ende des Flures die Fahrstuhltür öffnete. Mira wollte nicht glauben, wen sie da sah. Doch dann rief sie aus vollem Halse: »Amanda!«

Karriere-pläne

Amanda winkte Mira aufgeregt zu. Lächelnd kam sie zu ihr herüber. Mira runzelte die Stirn. Was war denn in sie gefahren? Jetzt sah sie auch, dass Amanda sich total gestylt hatte. Feine Klamotten, dicke Ohrringe, offensichtlich sogar Rouge auf den Backen und getuschte Wimpern.

»Morgen, Mira. Du wirst von Frau Bloomsdorf vermisst«, flötete Amanda, ohne einen Hauch von Kritik in der Stimme.

Mira seufzte. In der Tat hätte sie sich wohl wenigstens abmelden sollen.

»Morgen, Amanda. Wo willst du denn so früh schon hin?«

»Oh, ich? Ich werde ganz groß rauskommen. Ich bin hier, um Myer, dem Musikproduzenten, vorzusingen. Das ist *die* Chance meines Lebens.«

»Mmmh. Du hast einen Termin bei Myer?«

»Na ja, nicht direkt. Ich meine, ich konnte ihn ja nicht anrufen. Aber ich dachte, wenn er wegen der Lawine ohnehin hier festsitzt, hat er bestimmt Zeit ...«

Die Tür zu Holgers Zimmer öffnete sich. Mira und Amanda fuhren erschrocken herum – und starrten auf Holger im zerknautschten Pyjama.

Holger rieb sich die Augen: »Was'n los?«

Amanda flötete: »Wo ist denn Myers Suite?«

»Einen Stock höher.«

»Oh, bin ich hier nicht im vierten?«

Mira schüttelte den Kopf. »Im dritten!«

Amanda trippelte zum Fahrstuhl zurück. »Dann nichts für ungut. Ich habe zu tun.«

Holger sah ihr gähnend nach. »Was ist denn mit der passiert?«

Mira grinste: »Die ist gerade auf dem Weg nach oben. Glaubt sie zumindest. Und du solltest mal langsam in die Gänge kommen. Wir haben zu tun!«

In Holgers Zimmer klingelte das Telefon. Holger staunte: »Nanu, gibt es wieder eine Verbindung nach draußen?«

Er schlurfte an den Apparat und hob ab: »Grünberg hier ... oh, hallo, Herr Grantl ... ja, ich habe es auch bemerkt ... Sie haben die Listen? ... Wir sind in zehn Minuten unten – nein, in fünf Minuten.«

Holger legte auf. Mira nickte: »Intern.«

»Wie bitte?«

»Das war nur ein internes Gespräch.« Mira griff nach dem Hörer und wählte die Null, um eine Amtsleitung nach draußen zu bekommen. Sekunden später legte sie den Hörer auf die Gabel.

»Tot. Wie ich dachte.«

Während Holger im Badezimmer verschwand, trat Mira ans Fenster. Draußen schneite es noch immer heftig. Mira murmelte: »Warum habe ich nur das merkwürdige Gefühl, als wäre ich eine Laiendarstellerin in einem schlechten Film?«

Holger war in Rekordzeit angezogen und genau sechseinhalb Minuten nach dem Telefonat klopften die beiden an Grantls Büro. Auch er machte einen leicht übernächtigten Eindruck. Er schlurfte zu seinem Schreibtisch und griff nach einer Thermoskanne: »Kaffee?«

Holger nahm dankend an und die beiden Männer schlürften genüsslich an dem starken Gebräu. Schließlich schob Grantl einige Blätter über den Schreibtisch. Offensichtlich waren es Computerausdrucke. »Hier ist eine Liste aller Zimmer. Und das ist die Liste der Personen, die auf der verschollenen Seite im Gästebuch standen.«

Mira griff danach. Holger lobte: »Gute Arbeit. Wann haben Sie eigentlich geschlafen?«

Grantl lächelte matt. Mira überflog die Liste und reichte sie dann Holger. »Keine Ahnung, wer da was zu verbergen hat.«

Holger prüfte die Liste. Doch auch er schüttelte schließlich den Kopf. »Und was machen wir jetzt?«

»Verhöre!« Mira stand auf und begann im Zimmer umherzulaufen. »Wir werden einen Gast nach dem anderen befragen. Nach Beobachtungen und vor allem nach einem Alibi. Anschließend verfahren wir mit dem Personal genauso.«

Grantl schüttelte den Kopf: »Unmöglich. Eine solche Belästigung unserer Gäste kann ich nicht zulassen. Außerdem haben wir gar nicht das Recht dazu. Abgesehen davon, dass wir gar nicht so viel Zeit haben.«

Mira erwiderte: »Also schön. Aber Sie können dafür sorgen, dass wenigstens das Personal mitspielt. Und die Gäste, denen etwas aus dem Tresor abhanden gekommen ist, sind sicher nur allzu gerne bereit, uns ihr Leid zu klagen. Damit kommen wir vielleicht auf 40 bis 60 Befragungen.«

Grantl sah nicht sehr begeistert aus, doch er gab

sein Einverständnis: »Na, dann wollen wir mal loslegen.«

»Prima! Ich habe leider noch etwas zu erledigen. Ich werde aber so schnell wie möglich zurück sein. Die Fragen für das Verhör kann ich allerdings vorher noch formulieren.«

Mira griff nach einem Notizzettel und einem Kugelschreiber, notierte einige Sätze und verabschiedete sich. Während sie die Tür hinter sich schloss, griff Grantl bereits zum Telefon, um die ersten Mitarbeiter zu sich zu bitten.

Mira machte sich auf den Weg ins Landschulheim und platzte dort mitten in die Vormittagsprobe. Frau Bloomsdorf war ziemlich aufgebracht und machte Mira schwere Vorwürfe. Nur mühsam gelang es Mira, ihre Lehrerin davon zu überzeugen, dass sie im Hotel dringend gebraucht würde. Schließlich hatte sie auch Amanda Ausgang gegeben. Zögernd gab Frau Bloomsdorf nach, unter der Bedingung, dass Mira die kommende Nacht wieder hier verbringen würde. Mira drückte Frau Bloomsdorf begeistert einen Kuss auf die Backe, schnappte Nestroy und verließ das Haus.

Mira kämpfte sich durch fast meterhohe Schneewehen bis zur Abzweigung mit den Wegweisern und nahm dann den Weg, den sie am vorgestrigen Abend gegangen war. Sie suchte lange nach den Kieferästen, die sie bei Dunkelheit in den Schnee gesteckt hatte. Jetzt waren sie schon fast im Neuschnee verschwunden. Ein Ast war umgeknickt, sodass Mira nicht richtig über die Spitzen peilen konnte. Auch war das Schneetreiben zu stark, um weit genug sehen zu können. Doch Mira ahnte bereits, in welche Richtung die Äste wiesen. Geduldig harrte sie aus, Nestroy tief in ihrer

Daunenjacke verstaut, bis der Schneefall endlich ein wenig nachließ und für Sekunden der Bergkamm zu erkennen war. Der Ausblick bestätigte, was Mira vermutet hatte: Dort hatte sich die Lawine gelöst.

Mira wusste genug. Sie konnte nun zum Hotel zurückgehen. Erst jetzt spürte sie ihren leeren Magen, konnte aber aus Zeitmangel nichts dagegen unternehmen.

Im Foyer des Hotels hatten sich viele Gäste versammelt. Kein Wunder, hier war es warm und trocken. Auch gegen die Geselligkeit und die neuesten Neuigkeiten hatte niemand etwas einzuwenden. Mira setzte Nestroy auf den Boden. Der streckte sich erst einmal genüsslich.

»Hallo, Mira!« Amanda winkte ihr zu. Mira winkte zurück und versuchte, direkt zum Büro des Sicherheitschefs zu gelangen, doch Amanda bedrängte sie: »Die Bodyguards lassen mich nicht durch. Kannst du nicht ein gutes Wort bei deinem Freund, diesem Journalisten, einlegen?«

»Warum?«

»Na, weil man eine Freundin doch nicht einfach so hängen lassen kann.«

Mira drückte sich an Amanda vorbei. »Ich werde sehen, was sich machen lässt.«

Damit ließ sie Amanda hinter sich, die frohlockte: »Oh, danke, Mira. Ich habe gewusst, dass du eine echte Freundin bist ...«

Mira machte die Tür auf und sah sich Holger und Grantl gegenüber, die soeben eine vornehm aussehende ältere Dame befragten.

»Es ist eine Frechheit, mich zu verdächtigen, Ihren Tresor geknackt zu haben. Das ist ja lächerlich! So wahr ich Belinda Myer heiße, das muss ich mir nicht bieten lassen! Mein Mann wartet im Foyer auf mich. Wenn er hört, wie Sie mich behandelt haben ...« Stolz erhobenen Hauptes schritt sie hinaus. Mira schloss die Tür hinter ihr.

»Und? Irgendwelche Erkenntnisse?«

Holger und Grantl schüttelten die Köpfe. »Jeder hat ein Alibi, keiner verwickelt sich in Widersprüche. Wir kommen nicht weiter.«

»Wer fehlt denn noch von unserer Liste?«

»Mmmh, nur noch Schlimpf, der Empfangschef, der große Myer persönlich und natürlich unser Hoteldirektor. Aber der ist über jeden Verdacht erhaben.«

Mira öffnete die Tür. Nestroy schlüpfte hinaus. »Gehen wir also ins Foyer. Dort finden wir Schlimpf und mit ein wenig Glück gewährt uns Musikmogul Myer auch eine kurze Audienz.«

Auf dem Weg zur Eingangshalle berichtete Mira Holger von Amandas vergeblichen Bemühungen. »Vielleicht kannst du ja ein gutes Wort für sie einlegen?«

»Seit wann bist du so besorgt um Amanda?«

»Na, die Gute hatte ein wenig Pech in letzter Zeit ...«

»Na schön. Ich werde sehen, was ich machen kann. Ich weiß nicht, ob er nach unserem abrupten Interviewende noch so gut auf mich zu sprechen ist.«

Im Foyer angekommen, trafen sie an der Rezeption geradewegs auf Myer, der in Begleitung seiner beiden Bodyguards aufgebracht auf den Empfangschef einredete.

Grantl, Holger und Mira gesellten sich dazu. Holger, der von allen dreien die größte diplomatische Erfahrung hatte, übernahm das Verhör auf schonende Weise. Myer war wortkarg, aber er bestätigte die Angaben seiner Frau. Den Wert des gestohlenen Schmucks bezifferte er auf mindestens eine halbe Million. Holger bedankte sich überfreundlich für die Auskünfte. Myer nickte großmütig. Dabei fiel sein Blick zum ersten Mal richtig auf Mira. Er musterte sie wortlos und eindringlich. Dann brummte er: »Du bist genau der Typ Mädchen, den ich suche.«

Mira sah, wie Amanda am anderen Ende des Foyers sie beobachtete und langsam, ungläubig staunend, näher kam.

»Und was machst du hier?«

Grantl erklärte: »Sie hilft uns bei den Ermittlungen!«

»Du? In deinem Alter sollte man spielen und nicht Gangster jagen. Du bist doch noch ein Kind.«

Mira runzelte die Stirn. Das musste sie sich nicht bieten lassen. Sie lächelte Myer an und zitierte:

»Doch was man ist, und was
Man sein muss in der Welt, das paßt ja wohl
Nicht immer!«

Myer staunte: »Holla! Lessing, nicht wahr? *Nathan der Weise.* Kind, du verblüffst mich.« Er griff sich ans Kinn. »Aus dir könnte ich einen Star machen. Wie wär's? Willst du ganz groß rauskommen, als Sängerin? So jemand wie du könnte in der Szene Karriere machen. Dein Typ kommt an.«

Mira sah, wie Amanda so nahe kam, dass sie jedes Wort der Unterhaltung mitverfolgen konnte.

»Ich kann nicht singen.«

Der Produzent lachte: »Wenn du wüsstest, wie viele Sänger nicht singen können ...«

»Ich kann auch nicht tanzen.«

»Kein Problem!«

»Ich bin zu klein.«

»Du bist genau richtig. Aus dir mach ich was ganz Großes ...«

Mira zuckte resignierend mit den Schultern.

»Entschuldigung!« Amanda drängte sich zwischen die beiden, lächelte den Produzenten an und flötete: »Aber ich kann singen – und tanzen!« Amanda tänzelte ein wenig auf Zehenspitzen herum, drehte sich einmal anmutig um die eigene Achse und schaute dann erwartungsvoll ihr Gegenüber an. Doch Myer hatte sich bereits umgedreht und stapfte mit seinen Bodyguards im Schlepptau zum Hotelausgang. Ohne sich umzudrehen rief er Mira zu: »Du weißt, wo du mich findest, Mädchen. Denk daran, aus dir mache ich was ganz Großes!«

Amanda blickte dem Produzenten mit offenem Mund hinterher. In Zeitlupentempo drehte sie sich zu Mira um. Ihre Blicke trafen sich.

Aus Amandas Augen sprühte der blanke Hass.

Ein Alibi zu viel

Amanda wandte sich ab und rannte davon. Mira schluckte. Sie rief ihr nach: »Ich kann doch nichts dafür!«

Doch Amanda rannte unbeeindruckt weiter. Holger legte seine Hand auf Miras Schulter: »Lass sie, damit muss sie alleine zurechtkommen.«

Mira zögerte einige Sekunden, dann drehte sie sich entschlossen um. Der Empfangschef flüsterte mit Grantl, fuhr jedoch erschrocken zurück und zog sich nervös seine Krawatte gerade.

Mira schoss ihre erste Frage ab: »Sie haben gestern Abend zum Zeitpunkt der Lawine nichts Besonderes bemerkt?«

»Nein!«

»Und Sie haben auch keine Ahnung, wer wann die fragliche Seite aus dem Gästebuch entfernt haben könnte?«

»Nein!«

»Na schön. Aber Sie können mir doch sicher sagen, was Sie gestern in der fraglichen Zeit gemacht haben beziehungsweise wo Sie waren.«

Der Empfangschef wandte sich an Grantl: »Muss ich dieser Göre ihre unverschämten Fragen beantworten?«

Mira zuckte zusammen, versäumte es allerdings nicht, die Frage zu beantworten, bevor Grantl ihr zuvorkam. »Sie müssen nicht. Allerdings wird diese Göre als Nächstes mit Ihrem Direktor sprechen und da würde es sicher nicht gut ankommen, wenn ich ihm mitteilen müsste, dass Sie der Einzige von seinen Mitarbeitern sind, der sich ausgesprochen unkooperativ zeigte.«

Der Empfangschef wechselte einen Blick mit Grantl, der ihm auffordernd zunickte. Schlimpf atmete tief durch. »Auf meinem Zimmer. Ich hatte frei.«

»Allein?«

»Hör mal, das geht dich gar nichts an!«

Mira lächelte Schlimpf freundlich an. »Gibt es jemanden, der Ihre Angabe bestätigen könnte?«

Schlimpf grinste.

»Nun?«

»Den gibt es: Ich habe mit dem Direktor telefoniert. Es ging um die Beschwerde eines Gastes. Wir telefonierten bereits eine Viertelstunde, als die Leitung unterbrochen wurde, weil der Strom ausfiel.«

»Und dann?«

»Dann habe ich mir eine Taschenlampe geschnappt und bin hinunter zur Rezeption gegangen, um besorgte Gäste zu beruhigen.«

Mira bedankte sich betont freundlich bei Schlimpf, bevor sie Grantl und Holger zum Hoteldirektor begleitete, der in seinem Büro im ersten Stock des Hotels bereits auf sie wartete.

Mira musterte den Mann, der zwar klein, doch unheimlich korpulent war. Ein vornehm gestutzter Schnauzbart saß unter einer großen, lustig wackelnden Nase. Der ganze Mann strahlte trotz der unangenehmen Situation im Hotel eine positive Ruhe aus, die Mira insgeheim bewunderte. Auch Nestroy schien sich in seinem Büro wohl zu fühlen. Er sprang sofort auf einen der Besuchersessel und rollte sich dort wohlig schnurrend zusammen.

Der Direktor betrachtete den Kater schmunzelnd. Dann streckte er erst ihr, dann Holger die Hand entgegen: »Michailsky. Und Sie sind Herr Grünberg und, ähm, Fräulein Morgenstern?«

Grantl hatte den Direktor offensichtlich bereits informiert. Er wusste Bescheid und lächelte Mira an: »Mein Empfangschef scheint auf dich nicht gut zu sprechen zu sein, junge Dame. Aber offensichtlich nur deshalb, weil du unbequeme Fragen stellst. Aber du hast Recht. Mit bequemen Fragen kommen wir wohl kaum weiter – wenn wir überhaupt weiterkommen.«

Der Direktor lächelte Mira zu. »Mich würde nur interessieren, wo du deine detektivischen Erfahrungen gesammelt hast?«

»Nun, da kann ich Ihnen einiges erzählen.« Holger schmunzelte. Und dann berichtete er von Miras bisherigen Abenteuern.

Als er auf die Feuerteufel* zu sprechen kam, schlug Michailsky mit der Faust auf den Tisch. »Sapperlot! Natürlich habe ich von der Sache gehört. Damals hat doch ein junges Mädchen fast im Alleingang die Täter zur Strecke gebracht. Das warst du?«

Mira nickte bescheiden. Der Direktor war begeistert. Er wies Grantl an, Mira in jeder Hinsicht zu unterstützen. Grantl sah aus, als hätte er in eine saure Zitrone gebissen, enthielt sich aber jeden Kommentars.

* Vgl. Mira Morgenstern: »Die Feuerteufel«.

Mira begann ihr Fragenprogramm abzuspulen. Der Direktor schmunzelte bei der Frage nach seinem Alibi, aber er bestätigte die Angaben seines Empfangschefs. Und er bestätigte auch die Angabe Grantls, er habe am Abend zuvor seinen Tresorschlüssel im Büro des Direktors vergessen und erst nach dem Raub wieder zurückerhalten.

Direktor Michailsky schüttelte Mira zum Abschied die Hand. »Was glaubst du, Mira. Können wir die Täter ausfindig machen, bevor sie eine Chance haben, aus dem Tal zu entkommen? Ich habe gerade erfahren, dass unser Skilehrerteam – das auch gleichzeitig unsere bescheidene Bergwacht darstellt – damit rechnet, den Durchbruch bis Morgen früh geschafft zu haben.«

Holger stöhnte: »So schnell schon?«

Mira griff sich nachdenklich ans Kinn: »Wer sagt eigentlich, dass die Täter überhaupt so schnell wie möglich aus dem Tal rauswollen?«

Holger, Grantl und Michailsky starrten Mira an. Die wurde etwas verlegen: »Alles Vermutungen. Dennoch habe ich das Gefühl, wir sind ganz dicht dran. Es fehlt nur noch ein einziger Puzzlestein.«

Grantl verabschiedete sich draußen ziemlich rasch. Er hatte in seinem Büro zu tun. Mira und Holger beschlossen, im Café eine Zwischenbilanz zu ziehen.

Sie ließen sich an einem der Tische nieder. Nachdem sie ihre Bestellung aufgegeben hatten, begann Mira: »Und? Du bist doch erfahren im Umgang mit Menschen. Was hast du für ein Gefühl?«

»Gefühl? Ich dachte, es geht um Beweise, Alibis, Indizien ...«

»Theoretisch schon, aber so kommen wir nicht weiter. Irgendwie ist in der ganzen Sache gehörig der Wurm drin. Die ist von langer Hand perfekt vorbereitet und durchgeführt. Ich schätze, die Täter sitzen hier irgendwo unter uns und lachen sich mächtig ins Fäustchen. Wenn wir Erfolg haben wollen, dann nur mit unseren detektivischen Instinkten. Also, was sagt du?«

Holger dachte lange nach, nahm einen Schluck Kaffee, beugte sich endlich über den Tisch und flüsterte: »Der Empfangschef?«

Mira schüttelte den Kopf: »Der hat ein hieb- und stichfestes Alibi.«

»Dann verrate du es mir.«

Mira stellte bedächtig ihre Tasse ab: »Ich habe nicht die geringste Ahnung!«

Holger verschluckte sich fast an seinem Kaffee. »Aber du hast behauptet, der Fall wäre fast gelöst!«

»Das war gelogen!«

»Aber ...«

»Warum?«

Holger nickte.

»Weil wir die Sache von Anfang an völlig falsch angegangen sind.«

»Das musst du mir erklären.«

»Ganz einfach. Diese Aktion war bestens vorbereitet. Und mindestens einer der Täter muss über erstklassiges Insiderwissen verfügen – und über einen Schlüssel.«

Holger nickte zögernd.

»Und über Zugang zum Räumfahrzeug der Skischule.«

»Wie bitte?«

Mira berichtete Holger von ihrem Erlebnis im Schneesturm. Offensichtlich waren mindestens zwei

Männer mit dem Räumfahrzeug unterwegs gewesen, um die künstliche Lawine zu präparieren.

Mira schloss: »Alles spricht dafür, dass wir es mit einer ganzen Bande zu tun haben. Deshalb finden wir auch kein fehlerhaftes Alibi. Wahrscheinlich ist die Hälfte aller Zeugenaussagen von heute Morgen zusammengebastelt.«

Holger dachte laut nach: »Dann haben wir nie und nimmer eine Chance, bis das Tal wieder offen ist. Es sei denn ...«

Holger setzte sich schlagartig kerzengerade auf. »Deshalb dein Bluff vorhin vor Grantl und dem Direktor. Du hast einen von ihnen im Verdacht und hoffst jetzt auf einen Fehler!«

Mira nickte. »Möglicherweise passiert er gerade.«

Holger folgte Miras Blick. Grantl betrat das Café und kam auf sie zu. »Es gibt Neuigkeiten. Unsere Männer vom Räumungsdienst haben Hilfe von der anderen Seite des Tals bekommen. Schwere Räumfahrzeuge sind schon im Einsatz. Wir werden heute Abend schon wieder an die Außenwelt angeschlossen sein.«

Holger wandte sich an Mira: »Und jetzt?«

Mira lächelte breit: »Jetzt haben wir sie sicher. Herr Grantl, haben Sie schon dafür gesorgt, dass niemand das Tal verlassen kann, bevor die Polizei eintrifft – auch wenn das Tal wieder zugänglich ist?«

Grantl riss die Augen auf. »Oje, das habe ich völlig vergessen.«

Mira stand auf. »Dann sollten wir das sofort in die Wege leiten. Holger, ich lasse dir Nestroy da. Ach, und könntest du noch etwas anderes erledigen?«

Mira kritzelte schnell ein paar Zeilen auf eine Serviette und steckte sie Holger zu, der sogleich einen kurzen Blick darauf warf. Der Schrecken stand ihm ins Gesicht geschrieben, als er antwortete: »Kein Problem. Ist schon erledigt.«

Verschollen im Sturm

Grantl und Mira verließen das Hotel durch den Hinterausgang. Der Schnee fiel noch immer, wenngleich der Wind etwas nachgelassen hatte. Mira blickte nach oben: »Sieht so aus, als würde es bald aufhören zu schneien.«

Grantl schüttelte den Kopf: »Im Wetterbericht haben sie sogar einen Schneesturm angekündigt. Kann sein, dass es kurz aufklart, nennen wir es einfach die Ruhe vor dem Sturm. Dort drüben steht mein Jeep.«

Mira erschrak. »Ich dachte, wir gehen zu Fuß.«

»Zugegeben, viel schneller sind wir damit auch nicht, aber er ist warm – und trocken.«

Beide stiegen ein. Grantl fuhr vorsichtig, der Wagen hatte zwar Schneeketten, war aber trotzdem nicht einfach zu lenken, denn die Straße war nicht geräumt.

Sie schwiegen. Grantl schaltete die Scheibenwischer schneller, denn das Schneetreiben wurde stärker. In der Tat kamen sie nur im Schritttempo voran. Grantl brach endlich das Schweigen. »Was glaubst du, ob wir die Verbrecher erwischen, wenn sie aus dem Tal türmen wollen?«

Mira sah aus dem Fenster. Immer stärker heulte der Wind durchs Tal. Sie sah Grantl nicht an, als sie sagte: »Ach wissen Sie, ich glaube gar nicht, dass die Gangster versuchen, so schnell aus dem Tal wegzukommen. Sonst hätten sie die Polizei gleich auf den Fersen.«

»So? Warum sollen wir dann die Polizei das Tal absperren lassen?«

»Weil ich versuchen würde, die Beute so schnell wie möglich aus dem Tal zu bringen. Dann könnte ich mich genüsslich zurücklehnen und abwarten, bis Gras über die Sache gewachsen ist.«

Draußen wurde der Wind wieder stärker, die Sicht immer schlechter. Es begann bereits zu dämmern.

Grantl schaute Mira von der Seite an. Doch sein Blick war alles andere als freundlich: »Du kommst dir wohl verdammt schlau vor, was?«

»Nein. Eigentlich bin ich gar nicht besonders schlau. Aber zäh.«

»So zäh, dass du den Dieben auf der Spur bist, wie du behauptest? Ich glaube, du bluffst nur.«

»Glauben Sie das ruhig. Ich bin ihnen nicht nur auf der Spur. Ich weiß sogar, wer es ist. Zumindest bei einem Teil der Bande.«

Grantl bog nach links von der Straße in einen schmalen Waldweg ab. Mira sagte nichts, aber sie griff vorsichtig mit der linken Hand an den Verschluss ihres Sicherheitsgurtes.

»*Wie sich*
Der Knoten, der so oft mir bange machte,
Nun von sich selber löset …«

Mira lächelte vor sich hin. Grantl hielt plötzlich an: »Was soll das jetzt wieder heißen?«

»*Nathan der Weise.*«

»Kenne ich nicht!«

»Sollten Sie aber mal lesen, wenn Sie Zeit haben. Und ich schätze, das wird bald der Fall sein.«

Grantl ließ das Steuer los und griff mit seiner rechten Hand in die Jackentasche. »Wie meinst du das?«

»Ich schätze, Sie bekommen mindestens zehn Jahre.«

Sekunden blieb es still.

Dann schüttelte Grantl langsam den Kopf. »Dazu müssen sie mich erst erwischen!«

Seine Hand kam wieder zum Vorschein – mit einer schwarz glänzenden Pistole.

Mira fixierte die Waffe: »Sie haben schon einen Fehler gemacht. Machen Sie nicht noch einen.«

»Der einzige Fehler war der, dass ich dich nicht schon früher ausgeschaltet habe. Ich habe dich unterschätzt. Aber als ich hörte, was du bereits getrieben hast, wusste ich, was ich zu tun hatte.«

Mira starrte in den rechten Außenspiegel. Das Einzige, was sie erkennen konnte, waren Schneeflocken. Grantl fuhr fort: »Aber vorher will ich wissen, wie du es herausbekommen hast.«

Mira war jeder Anlass willkommen, um Zeit zu schinden.

»Oh, streng genommen habe ich es gar nicht herausbekommen, nur vermutet.«

»Ich höre. Wir haben Zeit.«

»Na schön. Ehrlich gesagt hatte ich zu Anfang den Empfangschef in Verdacht. Die fehlende Seite im Gästebuch, sein verdächtiges Auftreten und die Tatsache, dass er einer der wenigen mit einem Schlüssel war, sorgte dafür, dass er einen erstklassigen Hauptverdächtigen abgab. Doch dann präsentierte er sein Alibi. Ich habe eine Weile gebraucht, bis ich dahinter kam. Nur zwei andere hatten einen Schlüssel. Einer der beiden war der Direktor, doch der hatte ebenfalls ein

Alibi. Es war das, was man detektivischen Instinkt nennt. Sie waren der Einzige, der uns die ganze Zeit beschäftigen und zielsicher mit falschen Spuren versorgen konnte: fehlende Seiten im Gästebuch, die Tatsache, dass auch wertlose Papiere gestohlen wurden, die Türe zum Sicherheitsraum unsinnigerweise offen geblieben war ... und die unproduktiven Verhöre. Aber es gab keine Beweise, nicht einmal Indizien. Noch dazu hatten Sie behauptet – und der Direktor hatte das bestätigt –, dass Sie Ihren Tresorschlüssel bei ihm im Büro vergessen hatten. Ein praktisches Alibi, meinen Sie nicht?«

Grantl nickte: »Weiter.«

»Tja. Genau das war es: ein Alibi zu viel. In Gedanken ging ich Ihre Reaktionen noch einmal durch. Zuerst wollten Sie uns absolut nicht im Boot haben, dann, als Sie merkten, dass wir sonst auf eigene Faust recherchieren würden, änderten Sie Ihre Meinung. Jetzt hielten Sie uns hübsch mit Nebensächlichkeiten beschäftigt. Mit meinem Bluff wollte ich den Täter – den ich enttarnt zu haben vorgab – zu einem Fehler bewegen.«

»Und?«

»Und jetzt haben Sie offensichtlich einen begangen.«

Grantl fuchtelte mit der Pistole herum: »Ich schätze, der Fehler liegt mehr bei dir ...«

Mira ignorierte die Drohung: »Ich wüsste nur gerne, wer noch an dem Coup beteiligt ist. Mindestens einen muss es noch geben. Ist es einer der Skilehrer?«

Grantl grinste: »Das wirst du nie erfahren.«

»Dann verraten Sie mir wenigstens, was Sie mit dem Inhalt des Tresors gemacht haben.«

Grantl dachte kurz nach, dann lachte er. Erst leise, dann immer lauter. Tränen traten ihm in die Augen. Er konnte sich kaum beruhigen.

Mira warf einen Blick vorbei an Grantl durch dessen Seitenfenster. Ein Auge zwinkerte dabei fast unmerklich.

»Wo ist Ihre Beute?«

Grantl beruhigte sich so weit, dass er antworten konnte: »Du sitzt gerade drauf.«

Mira griff unter ihren Sitz. Grantl hob die Pistole. »Vorsicht!«

Miras Hand kam wieder zum Vorschein und förderte eine Sporttasche zu Tage. Sie stellte die Tasche auf ihren Schoß und zog den Reißverschluss auf.

»Tatsächlich. Sie sind wirklich cool.«

Grantl nickte selbstzufrieden. Mira zog einen Stapel Papier heraus.

»Aber wissen Sie, dass diese Papiere hier um ein Vielfaches wertvoller sind als der Schmuck von Frau Myer?«

Unbemerkt löste Mira den Verschluss ihres Sicherheitsgurtes.

Grantl senkte die Pistole. »Warum?«

»Weil sie Leben retten können.«

Grantl beugte sich vor. »Wessen Leben?«

»Meines!« Im selben Moment warf Mira Grantl den Stapel Papier ins Gesicht, öffnete die Fahrertür und ließ sich einen Sekundenbruchteil später samt Sporttasche in den Schnee fallen. Grantl, eben noch durch herumfliegende Papiere irritiert, fluchte und öffnete die Fahrertüre. Kurz darauf wusste er wieder nicht, wie ihm geschah. Denn der Fuß, den er hinausgestellt hatte, wurde schmerzlich gequetscht. Jemand hatte mit großer Wucht von außen gegen die Türe getreten. Ein Schatten verschwand im Schneetreiben.

Mira lief den Weg zurück. Der Schatten schloss schnell zu ihr auf. Mira schnaufte: »Holger, du bist ein Held!«

»Ich? Ich habe den Herrn nur dazu überredet, im Wagen zu bleiben. Aber ich fürchte, nicht allzu lange.«

»Wo ist Nestroy?«

Holger deutete mit dem Kopf zur Seite. Tatsächlich lief Miras Kater dort offensichtlich missgelaunt im Schnee.

Hinter ihnen fiel ein Schuss. Nestroy zuckte zusammen. Holger und Mira warfen sich gleichzeitig zu Boden und rollten vom Weg links in den Wald ab.

»Du hast also mein Gekritzel auf der Serviette richtig gedeutet.«

»Nun, ich weiß nicht, wie ich ›Folge uns. ER ist es!‹ anders hätte auslegen sollen. Was schleppst du eigentlich mit dir herum?«

»Die Beute. Hier!«

Mira hielt die Reisetasche hoch, doch Holger drängte: »Was jetzt? Sollen wir warten, bis er uns findet?«

Mira rappelte sich auf: »Natürlich nicht! Wir gehen zum Hotel, dort sind wir sicher.«

Holger folgte ihr. »Bist du dir sicher, dass du in diesem Schneetreiben den richtigen Weg findest?«

»Klar! Vertrau einfach auf meinen AUUUU ...«

Mira verschwand direkt vor Holgers Augen im Schnee.

Das verbrecherische Duo

Nestroy stieß einen schrillen Schrei aus. Holger blieb beinahe das Herz stehen. Vorsichtig ging er in die Knie – und taumelte erschreckt zurück. Sie befanden sich direkt an der Kante eines Felshanges, dessen Tiefe sich nicht abschätzen ließ.

»Holger! Tu was!«

Mira hing knapp einen halben Meter unter Holger und umklammerte krampfhaft den Stamm einer verkrüppelten Kiefer, die direkt aus der vereisten Felswand herauswuchs. Holger streckte die Hand aus, doch er reichte nicht weit genug hinunter. Mira stöhnte: »Mach schnell, ich rutsche ab!«

Holger zog seinen Gürtel aus der Hose. Er wickelte sich das eine Ende zweimal um die Hand und ließ das andere hinunterbaumeln.

Als Mira zugriff, rutschte Holger ihr entgegen. Nur Millimeter für Millimeter gelang es ihm, den Gürtel hoch zu ziehen. Schließlich gab es einen Ruck. Heftig nach Luft schnappend lagen beide im Schnee.

»Mensch, bist du schwer!«

»Ich? Das ist alles nur der olle Schmuck in meinem Handgepäck. Jetzt aber los! Wir haben ohnehin schon zu viel Zeit verloren.«

Mira und Holger bahnten sich ihren Weg durch Kiefernwälder, über Felder und Wege. Jedes Motorengeräusch ließ sie zusammenzucken. War ihnen Grantl schon auf den Fersen?

Endlich, nach einer fast zweistündigen Odyssee, traten sie aus einer Fichtenschonung und sahen unter sich die hell erleuchteten Fenster des Hotels. Ein zaghaftes Lächeln huschte über ihre Gesichter. Beide wähnten sich in Sicherheit, als sie die Terrasse des Hotels betraten.

Plötzlich blieb Mira abrupt stehen. Holger stolperte gegen sie. »He, was soll das?«

»Natürlich! Jetzt habe ich endlich die Erklärung ...«

»Ich brauche jetzt keine Erklärung, sondern einen Platz, wo wir vor diesem schießwütigen Gangster sicher sind. Später kannst du mir erzählen, so viel und so lange du willst. Aber jetzt setz dich bitte in Bewegung.«

Beide betraten das Foyer – und staunten über die dort versammelte Menschenmenge.

»... wird der Durchbruch innerhalb der nächsten halben Stunde geschafft sein.« Der Direktor hielt in seiner Rede inne und drehte sich um, als die beiden erschöpft auf der erstbesten Sitzgelegenheit niedersanken.

Mira stellte die Tasche mit dem geraubten Gut auf den Boden. »Da ist es.«

Der Direktor schien nicht zu verstehen, bemerkte nun aber die Erschöpfung der beiden: »Was ist passiert?«

Simon und Valerie drängten sich durch die Menge. Erst jetzt sah Mira, dass auch ihre Mitschüler da waren. Frau Bloomsdorfs fragender Blick traf sie ebenso wie Amandas freundliches Nicken. Allein der Empfangschef, der direkt neben dem Direktor stand, musterte sie mit unverhohlen feindseliger Miene.

Erneut wurde die Eingangstüre des Hotels geöffnet. Der Direktor riss erschrocken die Augen auf. Noch bevor Mira reagieren konnte, rief er: »Grantl? Was soll das? Runter mit der Waffe!«

Mira und Holger fuhren herum. Grantl fixierte sie mit seiner Pistole in der Hand. Augenblicklich verschwand Nestroy in der Menschenmenge.

»Keine Bewegung.«

»Grantl! Was soll der Unsinn?« Dem Direktor war das Entsetzen ins Gesicht geschrieben. Mit erhobener Waffe befahl Grantl Valerie: »Nimm ihr die Tasche ab!«

Valerie musterte Mira. Als diese nickte, bückte Valerie sich und griff nach der Tasche.

»Wirf sie her!«

Mit einem Ruck schleuderte sie die Tasche vor Grantls Füße. Doch die unsanfte Landung war zu viel für das bereits arg mitgenommene Transportbehältnis. Durch den Aufprall am Boden platzte eine Naht.

Ein staunendes Raunen ging durch die Menge, als Schmuck und Geld herausfielen. »Mein Schmuck!« Frau Myer drängte sich durch die Menge, gefolgt von ihren Bodyguards.

»Niemand bewegt sich. Du da, herkommen.«

Er winkte dem Empfangschef, der mit erhobenen Händen zögernd näher trat.

»Aufheben!«, kommandierte Grantl, während er misstrauisch die Menge beobachtete.

Schlimpf kniete sich hin, sammelte die Wertgegenstände rasch ein und stopfte sie in die Tasche. Mit einer Hand hielt er die defekte Naht zu und stand unbeholfen auf. Grantl hielt ihm die Pistole an die Schläfe.

Einer der Bodyguards zog seine Waffe. Die Menge wich ängstlich zurück, von der Angst vor einer wilden Schießerei gepackt.

»Wer mir in die Quere kommt, wird abgeknallt.«

Grantls Drohung ließ Schlimpf erzittern. Sein Stammeln war kaum zu vernehmen: »Bitte, nicht schießen ...«

Mira blinzelte. Sie täuschte sich nicht. Draußen im Schnee sah sie mehrere Blaulichter näher kommen. War es die Bergwacht oder waren es die Einsatzfahrzeuge der Polizei?

Mira seufzte. Jetzt durfte sie keinen Fehler machen. Sie stand auf. Grantl drückte die Waffe noch fester gegen den Schädel seines Opfers. »Was soll das?«

Schlimpf begann zu schluchzen.

Mira verfolgte aufmerksam das Geschehen vor dem Hotel. Sie atmete tief durch und erhob ihre Stimme laut und deutlich, sodass jeder im Raum sie verstehen konnte: »Sie können ihn loslassen. Sie haben verloren.«

Ein irres Kichern war die Antwort: »Keine Spielchen.«

»*Sie* haben vor, ein Spielchen mit *uns* zu spielen. Aber ich habe Sie durchschaut. Alle beide.«

Grantl zuckte zusammen. »Was soll das heißen?«

Mira lächelte. Sie sah, wie ein Dutzend Polizisten über die Terrasse huschte und sich ringsum verteilte.

Mira fixierte wieder Grantl, dann Schlimpf.

»Ich wusste immer, dass Sie den Coup nicht alleine begangen haben konnten. Sie hatten einen Partner. Und auf dem Weg hierher ist mir klar geworden, wer Ihnen zur Seite stand. Ich könnte mich ohrfeigen, dass ich so lange dafür gebraucht habe.«

»Schluss jetzt mit dem Gefasel.«

Mira war nicht mehr zu stoppen: »Weil Sie angeblich Ihren Schlüssel im Büro des Direktors vergessen hatten, fiel mein Verdacht auf jenen Mann, der außer dem Direktor noch einen Schlüssel hatte. Doch sein Alibi war hieb- und stichfest.«

Grantl wurde immer nervöser. »Ich sagte, halt's Maul.«

»Aber wer sagt denn, dass dieser andere den Schlüssel zu diesem Zeitpunkt nicht schon längst an Sie abgegeben hatte? So konnten Sie in Ruhe die Lawine auslösen, die Strommasten sprengen – alles per Funk vom Hotel aus. Nun konnten Sie mit dem Schlüssel Ihres Partners den Tresor ausräumen und die Beute in Ihrem Wagen verstecken. Ihr Partner war niemand anderer – als Sie, Herr Schlimpf!«

Grantl lachte laut: »Alles Hirngespinste einer vorlauten Göre.«

Die Menge hinter Mira wurde lauter. Grantl blickte sich nervös um.

Mira stemmte die Hände in die Hüften: »Schauen Sie zum Fenster hinaus. Sie haben keine Chance mehr. Draußen wartet ein Dutzend Polzisten auf Sie. Wollen Sie sterben?«

Grantl drehte sich ruckartig um und blickte nach draußen. Ihm war anzusehen, dass er die ganze Tragweite seiner Situation erkannt hatte. Schlimpf murmelte: »Vergiss es.«

Sekunden später polterte Grantls Pistole zu Boden. Die Polizisten stürmten das Foyer, die beiden Bodyguards schlossen sich an und Mira ließ sich erschöpft auf eine Bank zurücksinken.

Nestroy kam angeflitzt und sprang mit einem Satz

auf Miras Schoß. Die streichelte ihm mit zitternder Hand den Rücken.

Durch den Jubel der Menge vernahm Mira Simons Stimme: »Meine Mira ist obercool!«

Auch der Direktor war stolz und stellte sich in der Menge zum Händeschütteln mit an. Holger schüttelte als Einziger den Kopf: »Ich hätte nie gedacht, dass das funktioniert!«

Mira schloss die Augen. »Ich auch nicht, Holger. Ich auch nicht.«

Eine knappe Stunde später stand Holger mit gepacktem Koffer an der Rezeption. Sein rotes Sportcabrio wartete startbereit draußen vor der Türe. Der Direktor persönlich stand hinter der Theke und nahm Holgers Zimmerschlüssel entgegen.

Mira, Simon und Valerie waren ebenfalls gekommen, um Holger zu verabschieden.

»Schade, dass du schon abfährst. Du hättest bestimmt noch ein paar Tage Urlaub verkraften können.« Mira sah ihn traurig an.

Holger nickte dem Direktor zu, griff nach seinem Koffer und lächelte Mira an: »Die Arbeit in der Redaktion wartet.«

Simon war neugierig geworden: »Kommt zu Hause alles in der Zeitung?«

»Nicht alles, Simon. Schließlich will ich eure Eltern nicht unnötig beunruhigen.«

»Tschüss, Herr Grünberg.« Amanda schwebte auf Wolke sieben vorbei und löste bei Mira fragende Blicke aus.

Simon erläuterte: »Myer hat ihr musikalisches Talent jetzt doch erkannt. Wer konnte auch ahnen, dass

Amanda das charmante Töchterchen des steinreichen Bollinger ist.«

Holger konnte nun nicht mehr an sich halten. Er beugte sich vor und flüsterte Mira ins Ohr: »Der alte Myer ist pleite. Konkurs. Seine Firma hat die Steuerfahndung am Hals. Angeblich hat er Millionenschulden. Kein Wunder, dass der Mann nach jedem Strohhalm greift. Vielleicht hofft er, dass der alte Bollinger ihm aus der Patsche hilft.«

»Aber ... der Schmuck ist doch allein schon eine halbe Million ...?«

Holger redete jetzt wieder normal: »Es wird ohnehin nicht mehr lange geheim bleiben – die Polizei hat festgestellt, dass der Schmuck falsch ist.«

»Falsch?« Mira wurde bleich.

»Falsch! Modeschmuck. Billige Imitationen. Entweder die alte Myer hat nie echten Schmuck besessen oder ihr Mann hat Duplikate anfertigen lassen und die echten Klunkern versilbert, um die drohende Pleite abzufangen.«

Mira schluckte: »Hätte ich das gewusst ...«

Holger lachte: »... dann hättest du vielleicht nicht so viel Biss bewiesen, um Grantl und Schlimpf zu entlarven.« Er umarmte Mira zum Abschied, zwinkerte Simon und Valerie zu und wandte sich zur Tür. Dort drehte er sich ein letztes Mal um:

»Daß doch in der Welt
Ein jedes Ding so manche Seiten hat!
Von denen oft sich gar nicht denken läßt,
Wie sie zusammenpassen!«

Mira staunte: »Woher ...?«

Holger lachte: »Ich habe meinen Lessing auch gelesen, Mädchen.«

Dann verließ er das Hotel.

Die drei sahen dem roten Sportwagen nach, dessen Rücklichter im Schneetreiben verschwammen.

Mira seufzte. »Der alte Lessing hatte echt was drauf …«

Wie findest du Miras Abenteuer? Gefallen sie dir? Hast du Kritik, Fragen oder möchtest du einfach mal mit den Autoren klönen? Interessiert dich, was Mira in ihren nächsten Abenteuern erleben wird? Hast du selbst eine tolle Idee? Dann schalt deinen Computer an (oder den von Mama, Papa oder deinen großen Geschwistern) und schicke eine E-Mail an

MiraMorgenstern@kopietz-sommer.com

Und in null Komma nichts bekommst du von uns eine Antwort. Versprochen!

Gerit Kopietz & Jörg Sommer

MIRA MORGENSTERN

Gerit Kopietz · Jörg Sommer

DIE FEUERTEUFEL
DIE ANGST IST SCHWARZ
IM TAL DES TERRORS
DAS GEFRÄSSIGE PARKHAUS

Jeder Band 128 Seiten

UEBERREUTER